ウメ種
イラスト ぼに～
異世界蹂躙《いせかいじゅうりん》
―淫靡な洞窟のその奥で―
JN031687

OVERRUN DIFFERENT WORLD

In the back of the obscene cave

# CONTENTS

学名：ブラックウーズ

人間を吸収したことで『性』の
知識を得た闇スライム。
スライム系の中でも中級の魔物。

レティシア
北の国『フォンティーユ』を
統べる魔導女王。
フレデリカ
三つの属性の魔法を
使いこなす美貌の天才魔導士。

「離せ！　このっ、
薄汚いバケモノがっ!!」
それを抵抗とでも感じたのか、躾とばかりに、
あまりの豊かさにインナー越しにも重力に引かれて垂れ実った胸を、
触手が乱暴に根元から絞り、
先端の乳首に向かって押し出すように揉む。

「お願いしますフレデリカさん、
止めてください――
止めさせてくださいっ」
清楚な白いローブは粘液に濡れて
見事な肢体に張り付き、
エルフらしからぬ巨乳と細いくびれを
いっそう卑猥に際立たせてしまっている。

サティア
魔導士アルフレドに買われ旅を
していた元奴隷少女。
フィアーナ
王国直属のエルフの
女騎士。

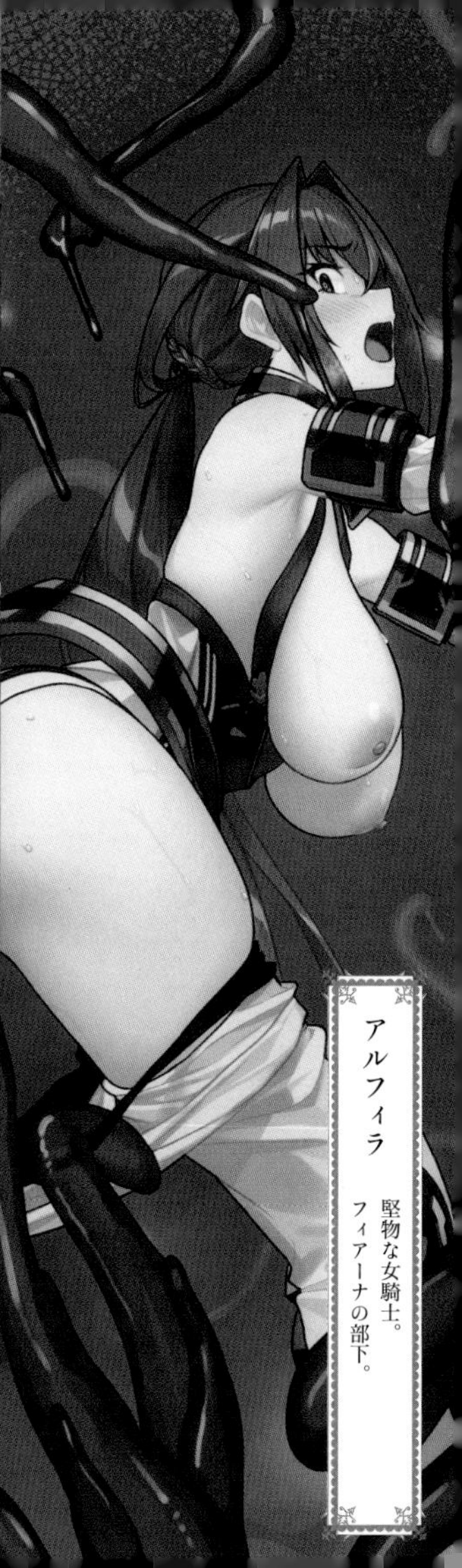
アルフィラ
堅物な女騎士。
フィアーナの部下。

ティアナ
女王レティシアに仕える
元暗殺者のメイド。

「起きなさい。学院へ遅れますよ？」
勇者によって魔王が倒され、これから先、
永遠に続くと思われる平穏な朝。
幸せな一幕。

ダッシュエックス文庫

異世界蹂躙―淫靡な洞窟のその奥で―

ウメ種

# プロローグ ―― 産まれた日

異世界から召喚された『勇者』によって、『魔王』が倒されて十数年。

『勇者』は異世界へ帰り、『魔王』から生み出された魔物もその数を急激に減らしていた。

嘗《かつ》ては世界の全域にあふれるほどいた魔物たちは、いまや森の奥や洞窟《どうくつ》の奥へ追いやられた。

そして、わずかに残った魔物たちは今日も冒険者や騎士たちによってその数を減らしている。

――世界は、人によって動いている。

魔物がいない世界。

平和を享受《きょうじゅ》する世界。

『魔王』がいない世界。

『勇者』がいない世界。

それが、ここ。

『異世界の勇者が救った世界』――エウシュアレ。

女神ファサリナが創ったとされる、箱庭世界。

剣と魔法、精霊と亜人と魔物と人間が生きる世界。

そう遠くない未来に、魔物が滅ぶ世界。

――そのはずだった。

そう、誰もが思っていた。

精霊も、亜人も、魔物も、人間も、女神も――『勇者』も、そう思っていた。

だって、そうではないか。

魔物を生み出す『魔王』はいない。

なら、もう魔物が増える術《すべ》はないのだから……。


魔導王国『フォンティーユ』。

その最北端に、十数年前まで魔法銀『ミスリル』が採掘されていた洞窟がある。

いまは魔法銀《ミスリル》も採掘し尽くされ死んだ洞窟となり、誰も寄りつかない場所。

じめじめと澱《よど》み、その奥に太陽の光は届かず、採掘の際の崩落などに巻き込まれた人々の『怨念《おんねん》』が溜まる場所。

時折洞窟の天井から滴《したた》る水滴や、ねぐらにしている蝙蝠《こうもり》や蟲《むし》たちの声が響く。

そんな廃坑の日常は、これからも続くはずだった。

ギ、と。

蝙蝠が普段ではありえないような低い声を出し、地へ落ちた。落ちた蝙蝠の首元には、親指ほどのサイズしかない甲殻虫《こうかくちゅう》が一匹。

ソレは尻から麻痺毒《まひどく》を持つ針を出し、それで獲物を麻痺させて食べる虫だ。何日もかけて岩壁を登り、蝙蝠に気づかれないように少しずつその身体《からだ》を登り、麻痺毒で仕留めた。

ようやっとの獲物。

虫に感情はなかったが、だが確かに喜びの声をキィと上げる。

それは、自然界では当たり前のこと。いままでも、そしてこれからも続く生命の理《ことわり》。

甲殻虫が落ちた蝙蝠を捕食しようと、その口から細い触手を吐き出す。

この触手から酸を出し、少しずつ溶かして食べるのだ。

甲殻虫の食事量はそう多くない。蝙蝠の首筋の皮膚《ひふ》を溶かし、そこからやわらかな肉をわずかばかり食べるだけ。

残ったものは、岩壁を登れないような、または蝙蝠を落とせないような虫に食べられる。

あとに残るのはなにもない。骨まで食べられる。

現に、蝙蝠の死骸《しがい》へ虫が集まろうとし――ズズ、とわずかになにかを引きずるような音が洞窟に響く。人の耳には届かないような、小さな音だ。

しかし、その音と振動に驚き、虫が四散《しさん》する。

洞窟の闇。そこから現れたのは『歪み』。産まれたてのバケモノだ。

よく見ると、それは洞窟の闇が歪んで見えるような深い黒をまとった粘液の塊《かたまり》のようなもの――闇色のスライムだった。

魔王がいた十数年前なら珍しくもない魔物。学名では『ブラックウーズ』と呼ばれていた。

スライム系の魔物としては中級、永《なが》く生きた個体ならそれなりに強力な魔物である。

だがそれは、永く生きたなら、だ。

産まれたてのブラックウーズは犬などの家畜にも劣る。大きさは子供の握り拳《こぶし》程度しかない。

本当なら獲物を獲《と》れずに朽《く》ち果てるか、虫に群がられて食い殺される運命だっただろう。

だが、このスライムの目の前には獲物があった。

それも、自身と同等程度はありそうな、大きな獲物だ。

本能に従い、スライムは蝙蝠の死骸を体内に取り込む。体内に取り込んだ獲物を少しずつ消化し、栄養に変えていく。

運が良かった。そして、最悪ともいえるほどに——運が悪かった。

これが最下級の、ただのスライムなら。いや、ほかのスライムだったなら。

獲物を得ることができずにこのスライムが朽ち果てていたら、運命は変わっていただろう。

だが、このブラックウーズは餌《えさ》を手に入れた。

そして、変化が起きる。

子供の握り拳程度の大きさだったスライムが、蝙蝠を取り込んで瞬く間に大きくなったのだ。

これが、ブラックウーズの特性。

消化した栄養を、瞬く間に変換し、自身の質量を増加させる。蝙蝠の栄養を得たいま、小さな虫ではもうこのスライムは殺せない。

——この洞窟内でこのスライムを殺せるのは天井に張りつく蝙蝠か、奥にいる蜥蜴《とかげ》や入り口付近の野犬だろう。

だが、このスライムは頭も良い。いや、知能があるというべきか。

大きな獲物には手を出さず、まずは小さな虫を岩陰から探し出して捕食していく。

一匹の虫のサイズが小さく、それを捕食して得られる質量の増加も微々たるものだが。洞窟内には、それこそ星の数ほどの虫がいる。

その虫を食い漁《あさ》る。貪欲《どんよく》に食って喰って貪《むさぼ》り尽くす。そして自身の体積を増していく。

数日も経った頃には、壁を這《は》い上がり、蝙蝠を獲った。

生きた蝙蝠は暴れたが、一度スライムに捕らえられると逃げ切れなかった。

以前に捕食した甲殻虫が面白い能力をスライムに与えてしまっていた。自分より大きな獲物を捕まえる麻痺毒の力が、スライムの粘液に付加されてしまったのだ。

そうすると、捕食はさらに楽になる。洞窟奥の蝙蝠、蜥蜴、虫を喰い尽くしたスライムは、徐々に入り口付近の野犬へ食指《しょくし》を伸ばす。

自身の粘液に麻痺の特性があると理解しているのだろう。警戒する野犬に自身を食わせ、小刻みに痙攣《けいれん》しているところを捕食した。

入り口付近の野犬を捕食し尽くすと、スライムは洞窟へと戻る。帰巣《きそう》本能というものがあるのかはわからないが、スライムにとってはここが家だった。

いまや、この洞窟にいるのはこのスライムと、この洞窟に宿る怨念たち。それだけだった。

その頃には、スライムの大きさは牛ほどにまでなっていた。

十数年前、勇者と魔王が争っていた時代。その頃なら稀《まれ》に見かけることもあった大きさだ。

だが、ブラックウーズなどいまでは図鑑の中でしか見ることのできない存在。

魔王という脅威《きょうい》が消え、誰もが平和を信じ、それが永遠だと思っている。

だからだろう。

魔物が生まれたことに、いまはまだ誰も気づいていなかった。

そして、それからひと月ほどの時間が流れる。

野犬を喰い尽くした頃になって、廃坑の近くにある村の住人が不思議に思い始めていた。

そこは、以前は鉱夫の町として栄えていた。だが魔法銀《ミスリル》が採れなくなり寂れてしまい、いま住んでいる十数人だけで、酪農《らくのう》でなんとか生計を立てる田舎《いなか》の村となってしまった。

老人ばかりの村なので家畜を襲う野犬には手を焼いていた。

が、ここ最近はそれがなくなっていた。

家畜の味を覚えたそれらは、執拗《しつよう》に家畜を襲う。何度も罠《わな》をかけて殺したが、それでも家畜を守りきることはできなかった。

そんな野犬が現れなくなったことを、村人たちは不思議に思った。

あきらめたか？　誰かがそう言ったが、すぐに否定した。野生の獣がそんな真っ当な思考など持ってはいない。

しかし、家畜が野犬に襲われなくなったのは事実だ。不思議ではあるが、これも女神ファサリナの奇跡だと思い、祈りを捧げることにした。

田舎の村の認識などその程度だ。だが、そんな田舎の村にも血気盛んな老人がいた。

武器を手に取り、装備を整えて山へ向かう。野犬になにかあったのか確かめるためだ。ほかの村人は止めたが、その老人は話を聞かなかった。

老人は、自分は強いと思い込んでいた。若い頃はスライムやゴブリンなどは言うに及ばず、仲間と共に自身の体より何倍も大きいオーガ等の魔物も倒した経験がある。

年老いたいまでもその強さにいささかの翳《かげ》りもない――そう思い込んでいた。

山を登り始めて数刻すると、岩に腰を下ろして休む。年老いた身体に登山など酷《こく》だ。浴びるように水を飲み、汗を拭《ぬぐ》いながらひと息吐く。もうずいぶんと山を登ってきた。この先にはあと、魔法銀《ミスリル》の坑道があるだけだ。

だがやはり、野犬の姿はない。それどころか野ウサギなどの動物も見かけない。

なにかが起こっている、と自身の勘が告げていた。

勘だけは、年老いたいまでも冴えていた。だが、肉体は老い果てていた。

――気づいた時には、老体が動かなくなっていた。

麻痺だ。老体が気づかないほどの些細《ささい》な刺激とともに、麻痺毒が流し込まれたのだ。効果は即効。牛ほどの大きさのスライムから流し込まれた麻痺毒は、老人には強力すぎた。肉体の動きどころか、心臓すら止めてしまった。老人は、なにが起きたのか理解できぬまま、死んでしまった。

そしてスライムは、その老人を捕食する。

ゆっくりと、ゆっくりと……そして、最悪という名の幕が上がる。

この日、黒いスライムは知識を手に入れた。

魔物殺しの知識、人間の知識、生活の知識……そして、性。

いまは誰も、このスライムに気づいていない。このスライムが突然変異だと。捕食したモノの特性を奪うのだと。

甲殻虫の麻痺毒。

人間の知識。

もし最初に喰らった人間が女だったら——。

それならそれで『妊娠《にんしん》』の特性を奪っていただけで、最悪には変わらなかったか。

だが最初に喰らったのは年老いたとはいえ、人間の男。

スライムは手に入れた。人間の知識、生活の知識——女を孕《はら》ませる知識。

人間とは業《ごう》が深い生き物である。

同種族以外に恋愛感情を抱くことは、どの種族にもあり得ること。獣人とエルフの子供。ドワーフと人間の子供。そういうことは、多くないが、確かに存在している。

けれど、人間ほど異種族の恋愛が多い種族はない。

エルフ、ドワーフ、獣人などなど。大陸中のあらゆる種族と関係を持っているのは、人間だけだ。

異世界から現れた勇者でさえ、そうだった。

エルフとの間に二児を授かり、国まで築いた。

それほどまでに、人間は業が深い。同族だけでは満足できない欲望。
……ブラックウーズは、そんな――『欲』を手に入れたのだ。

# 第一章 ── 冒険者

田舎《いなか》の朝は早い。特に、酪農で生計を立てている家だとなおさらだ。

日が昇る前に起き出し、家畜たちの世話をする。

いままで何十年と繰り返してきたことだ。苦に思うことなどない。

そして今日もそんな毎日と変わらない──そう思っていた。

「ん？」

老人が牛たちの過ごす小屋に入ると、違和感を覚えた。

もう長年共に過ごしてきた牛たちだ、些細な変化すら敏感に感じられる。機嫌が悪いのか、体調が悪いのか、それとも野犬に怯《おび》えているのか──。

小屋に入った瞬間、その些細な雰囲気《ふんいき》の変化を強く感じた。

野犬でも現れたか？

最初はそう思った。牛たちの独特の雰囲気は、怯えだ。なにかに怯えている。

そう感じると同時に、小屋の入り口に置いていた鍬《くわ》を手に取る。

大切な家畜を守らなければならないと思っての行動だ。

野盗や山賊《さんぞく》の類《たぐい》がこのあたりにいるとは聞かないが、もしかしたらそれらかもしれない。

辺境の田舎に住む者にとって、家畜は財産であり命だ。奪われることは死を意味する。

だから鍬を構え、腰を落として慎重に小屋を進む。

「誰かいるのか？」

驚くほどに自身の声が固い。だが、歩みを止めることなく小屋の奥へと進み、十数匹の牛が並ぶ小屋で、ゆっくりとその数を数えていく。

——足りない。

一頭少ない……そう感じた瞬間、小屋の中の家畜たちが一斉に騒ぎ出した。

なにかに怯えるように鳴き、つながれた柵《さく》から逃れようと暴れ出す。

こんなことはいままでなかった。なにごとかと老人も驚き、怯えてしまう。

だがそれも、しばらくすると落ち着きを取り戻す。

いったいなにがあった？　老人は心中でつぶやき、小屋の奥へ再度足を進める。

早足でだ。怖いもの見たさではなく、確かめなければという使命感にも似た感情だった。

小屋の奥、牡牛《おうし》がつながれていたはずの柵には、なにもつながれていなかった。

つないでいたロープも途中から切られている。

「ちくしょうっ」

千切《ちぎ》れたロープを握りながら、老人が声を荒げた。

思考が怒りに染まり……だが、すぐに思考は冷める。

どこから牛を連れ出した？

牛をつないでいたロープは切れているが、柵は閉まったままだ。

まるで溶けて消えてしまったかのようだった。鍬を杖《つえ》のようにして考える。

だが、答えなど浮かぶはずもなかった。

その日は、それ以外に変わったことはなかった。


次の日は、ふたつ隣の家に住む老人の家畜が狙われた。

その家は鶏《にわとり》を二十羽ほどやられたらしい。

その次は向かい側の家だ。そこも牛を飼っていた。十頭ほどいて、二頭が奪われた。

その次の日も、その次の日も、家畜の略奪は続いた。

一週間も経つ頃には、村全体の家がやられてしまった。

老人たちも馬鹿ではない。罠《わな》を仕掛けたり、夜通しの番をしたりしたが、効果がなかった。

どうやってか、家畜を奪われる。不思議だった。

不思議といえば、先日野犬を調べに山へ入った爺《じい》さんも、村に戻ってきていない。

こういう時、本当ならば王都のほうへ行き、騎士なり魔導士なりに金を払って調査を頼むのだが、そんな金はどこにもない。

なら、自分たちで対処するか？

それも無理だ、と思った。相手が何者かはわからないが、妙に知恵が回る。

こちらが仕掛けた罠をかいくぐり、人目を避けて家畜を襲う。

皆が頭を悩ませた。そうしてさらに一週間が経ち、家畜の数は三分の一にまで減ってしまう。

――そんな時、幸運にも村に一組の冒険者のパーティがやってきた。


フレデリカ・リーンと、その女は名乗った。

軽く波打つ腰まで伸びた黄金色の髪に、気の強さが表れた翡翠《ひすい》色の大きなツリ目。

黒いインナーの上から青色のローブをまとい、その背には自身の身長ほどもありそうな大きな杖を背負っている。

厚手のズボンを穿《は》いているせいでその足は見えないが、細い腰、そして豊かな胸のふくらみはそれだけで男の目を引く。

まるで果物でも詰め込んだのかと思いたくなるような豊かな胸は、彼女のかすかな所作《しょさ》にも敏感に反応し、柔らかく揺れる。

下着代わりのインナーに詰め込むには、彼女の胸は豊かすぎるのだ。そして、魔導士特有の厚手のローブも手が加えられており、インナー越しの深い胸の谷間を強調している。

若い男ならば、嫌でも視線が向いてしまう迫力。

冒険者をしているのが不思議なほどの美女。それが、フレデリカという女性だ。

年の頃は二十歳《はたち》そこそこといったところか。

その後ろに控えるのは同じ年くらいの気弱そうな青年と、ふたりよりも少し年上に見える気の強そうな青年だ。

気弱そうな青年はカール、気の強そうな青年はリグと名乗った。三人とも、名前の後に「リーン」と名乗る。これは、彼女達が育った村の名前である。

男はふたりとも厚手の服の上に革製の胸当てや膝当て、肘当てという出で立《いた》ちだ。

その腰には鉄製の直剣が、その背には荷物が詰まっているのだろう荷袋が背負われている。

魔導士と、ふたりの剣士。典型的な冒険者のパーティといえるだろう。

その外見と佇《たたず》まいから、中級程度の実力であろうか。雰囲気もどこか余裕があり、村人たちを安心させる。

なにより、王都の騎士や魔導士たちに頼むより安い金で仕事を受けてくれたことに、村人たちは心から感謝した。

「ふうん」

村へ来たフレデリカ一行に、老人たちは村で起こっていることを話して仕事を依頼した。

ここ最近、続けて家畜を奪われている。相手は知恵が回り、こちらが仕掛けた罠をことごとくすり抜けてしまう。家畜は悲鳴を上げることなく姿を消し、寝ずの番をして家畜小屋を見張っていても犯人の姿を見ることすらできない。

それを聞いたフレデリカたちは、良い儲《もう》け話が手に入った、と内心で喝采《かっさい》を上げたほどだ。

相手は山賊。田舎の村で育った、狩人《かりゅうど》崩れかなにかなのだろうというのが三人の意見だった。

老人たちが使う罠はトラバサミや鳴子《なるこ》――目標の周囲へ縄を張り、盗人《ぬすっと》が触れたら音が鳴る仕掛けである。田舎の老人たちが仕掛けることのできる罠などそう大層なものではない。

それがわかっていれば、家畜など簡単に奪える。寝ずの番をしていたと言っていたが、年寄りの老いた目で夜の闇を見渡せるのかということもある。

そう考えると、狩人崩れの山賊が盗みを働いたと考えるのが普通であった。

「受けるのか？」

村人に用意してもらった家屋、そのリビングでくつろぎながら、リグが口を開いた。

その手には、こちらも村人に用意してもらった麦酒《ビール》がなみなみと注がれたジョッキが握られている。その半分ほどがすでに減っているが、その程度で酔うほど酒に弱くはない。

カールは夕食に使った食器を片づけており、フレデリカはテーブルを挟んでリグの正面に座りながら、こちらも麦酒の注がれたジョッキを手に持っている。

「もちろん。リグは、嫌？」

「まさか。こんな簡単な仕事だ。良い儲け話だと思うがな」

そうね、と。フレデリカは同意して、ジョッキを傾ける。リグのように豪快ではなく、ひと口だけ口に含んでゆっくりと飲み込む。

青いローブを脱いだ上半身は黒のインナーのみ。麦酒を飲む。たったそれだけの仕草にも、豊かに実った胸がインナー越しに柔らかく魅惑的に揺れていた。

リグはその様子をしっかりと視界に収めながら、しかし気づかれないようにジョッキを傾けて視線を隠す。

だがそんな努力も、見せつけている当人からするとわかりやすい反応である。

自分の容姿に自信のあるフレデリカは、こうやって時折……旅の仲間をからかってはその反応を楽しむ癖《くせ》があった。この美貌《びぼう》の魔導士は旅の道連れであるふたり——リグとカールのことをそれなりに理解しているつもりだ。

好色で、野蛮《やばん》とまでは言わないが力に任せるのが得意なリグ。

思慮《しりょ》深いと言えば聞こえはいいが、引っ込み思案で自分の意思をあまり表に出せないカール。

そして自信家で、自分の美貌が武器になると十分理解しているフレデリカ。

同じ村の出身である三人だが、冒険者になった時期は異なり、パーティを組んで活動するようになった期間はさほど長くない。

魔導王国フォンティーユ、その東の果てにある田舎——リーン村。それが三人の故郷である。

この寂れた村とそれほど変わらない、農業で生計を立てている村は平和といえばそれまでだ

が、退屈で、なにもない村。フレデリカは、その村の村長の娘だった。

村にいた頃はリグやカールとは面識がなく、年が近い……というのも気にしていなかった。

農業を手伝うことに嫌気がさしたリグが村を出た時も、なにかを思った記憶も特にない。

それから数年後、村へ来ていた行商人からリグの近況を聞くことがあった。冒険者として活動していると。

御伽噺《おとぎばなし》や吟遊詩人《ぎんゆうしじん》の歌に謳《うた》われる、大陸中を旅してまわる自由人。

リグが村を出た後も村長の娘として退屈な村の手伝いをしていたフレデリカにとって、冒険者として活動しているリグの話は羨望《せんぼう》にも似た気持ちを抱かせた。

そして、フレデリカも村を出た。まだ十代も半ばの頃だ。

村から飛び出したはいいが右も左もわからない田舎者。

運が良かったのは村長の娘として多少の読み書きを教えられていた彼女が、商人が馬車の荷台から落としたのだろう、偶然街道に落ちていた魔導書を読み解けたこと。

いまとなってはなんの価値もない、安物の下級魔法が記された魔導書。

フレデリカは道端で、それこそページが破れるほど何度もその魔導書を読んだ。

――魔法。冒険者や騎士が使う、超常の力。

彼女は『天才』と分類される人種だった。

普通なら属性が一つ――才能に優れた者でも二つの属性を収めるのが限界。

それは、魔法を使う者にとって体内で魔力を生成する際に得意な属性に魔力が偏《かたよ》ってしまうからだが、フレデリカは違った。

最初に、川魚を捕まえるために風に属する衝撃の魔法を覚えた。

次に、捕まえた川魚を焼くために火の魔法を覚えた。

そして、夜の冷たい空気や雨を凌《しの》げる場所を作るために土の魔法を覚えた。

それができるようになったのは、村を出てたった一か月後のことだった。

そうしてわずかな間にその才能を開花させた彼女は魔導王国フォンティーユの王都に行き、魔導士として冒険者のギルドへ登録する。

やはり、なにもわからない田舎者。その時は着ている服や髪もボロボロで、酷《ひど》い有様だった。

……が、魔法が使える彼女はひとりで魔物討伐《とうばつ》を果たし、装備を整えて難しい依頼もこなし、気が付けば、村を出て一年もしないうちに王都のギルドで有名になっていた。

最初は田舎者だと笑っていた熟練の冒険者ともパーティを組んだことがあるし、時には冒険者仲間から舐《な》められないようにと力を示す時もあった。

その才能と美貌から貴族の子息の目に留まることも、優秀な冒険者と称されて夜会へ呼ばれたことだってある。

フレデリカは気分が良かった。自分には才能があり、実力があれば誰もが特別扱いしてくれる。冒険者という職業が、天職とさえ思えたほどに。

ただ、フレデリカは使える属性は多くても、体内に溜めておける魔力が少なかった。強力な魔法なら一日に五回も使えば昏倒《こんとう》してしまう程度。だから、王城勤めの魔導士になることはできなかった。

だが、冒険者ギルドが抱える魔導士としてはそれでも破格の戦力である。

ギルドに所属するほとんどの冒険者がフレデリカの名を知るほど有名になり、その頃にリグと再会した。そして村長からフレデリカを連れ戻すようにと言われてきたカールと出会った。

押しの弱いカールはフレデリカに誘われるままに冒険者となり、リグはフレデリカほどではないけれど実力のある冒険者としてそれなりに名を知られていた。

同じ村の出身であるリグとカールをフレデリカは信頼し、それからはこの三人で時々パーティを組んでいる。

男ふたりは前衛で、後衛に女がひとり。各々《おのおの》がそれなりの実力を有しており、不和もなく連携を取れている。

冒険者としては若い三人だが、ギルドの長《おさ》はこの三人を『とても優秀』と称している。

「カール。おまえはどうだ？」

洗い物をしていたカールに、リグが声を高くして聞く。

「僕は、とくにはなにも。けどなにが起こるかわからないから、油断はしないようにね？」

「まったく。相手はただの山賊《さんぞく》だろう？　おまえはいっつも心配ばかりだなあ」

「リグが考えなしすぎるだけだと思うけど……治療薬だって安くないんだし、怪我《けが》をしたら出費のほうが大きくなるかも」

「う」

「それもそうよねえ」

カールの言葉にリグが詰まり、フレデリカは同意する。

仕事は楽だが、出費がかさんでしまっては意味がない。冒険者とは慈善《じぜん》事業ではない。仕事をして、対価を得る。対価に見合わない出費となれば、仕事を受ける意味がない。

そのあたりの線引きがちゃんとできて、ようやく一人前の冒険者と呼ばれるのだ。

「それじゃあ。カール先生の心配ももっともだし、今日は早く寝ましょうか」

「おいおい、本気か？」

そのフレデリカの言葉に、リグがおどけた様子で聞き返した。

夕食を食べた。酒を飲んだ。男女が酒を飲んだなら、次にすることは決まっている。リグの中では、そう結論づけられていたのかもしれない。

そんなリグの内心を悟ったフレデリカは、もう一度ジョッキを傾けると――わずかに艶《つや》を含んだ視線をリグへ向けた。

「なあに？」

「だって、なあ。まだ夜は始まったばかりだぜ？　せっかく屋根のある場所で眠れるんだ、もう少し飲んでも悪かないだろ」

　リグの言い分に、クスリとフレデリカは笑う。

　もう少し飲んで、その後はどうするというのか。それを聞くような世間知らずは、この場にはいない。

「ぼ、僕は……」

「ん？」

　妙な雰囲気《ふんいき》になり始めたふたりの間へ割って入るように、カールが口を開いた。

　先ほどまで一緒に話していたというのに、ついいままで存在を忘れていたかのようにリグがカールへ視線を向ける。

　視線を向けられたカールは、一瞬なにかを言いかけて――。

「ぷっ。冗談よ、冗談」

　言い淀《よど》むカールの反応を見たフレデリカが噴き出し、続いてリグが大きな声で笑う。

　ふたりの反応に、カールは驚いたような、ほっとしたような視線をふたりへと向けた。

「ばあか。明日は山登りだぞ？　そんな体力を使う余裕があるかよ」

　呵々《かか》と明るく笑いながら、リグが言った。

「山に登って小遣いが稼《かせ》げるんだから、まぁ、いい仕事よね？」

そう明るい声で言いながら、昔は整備されていたであろう獣道《けものみち》を魔導士衣装に身を包んだフレデリカが歩く。その前をカールが、後ろはリグが、彼女を守るように歩く。

従来の気質なのか、カールは緊張し、フレデリカとリグはお気楽な雰囲気だ。

だがそれでも、油断のような甘えはない。リグとカールはいつでも鉄の剣を抜けるように左手は剣の柄にのせ、フレデリカも突然の不意打ちに対応できるようリグの傍から離れない。

軽口を言い合いながらも視線は周囲を観察していて、いくつか不審な場所を見付けていた。

ああ確かに、と。三人は揃《そろ》って思う。これだけ村から離れたのに野犬はおろか、野ウサギすら見つからない。

虫の類《たぐい》もあまりいないように感じるのは、耳を澄ませても虫の声すら聞こえないからだ。

廃坑の入り口まで静かで穏やかな道のりだった。そんなこと、王都の周辺でしかありえない。

それに、行方《ゆくえ》不明という老人も気にかかる。

土地勘がある地元の人間なら崖《がけ》から落ちたり、危険な場所へ行ったりはしていないはずと三人は考えていたが、廃坑の近辺には野営の跡も見当たらない。

「……なにかが這《は》った跡がある」

先頭のカールが膝を折り、地面を調べる。そこには、野草が折れ、何かを引きずったような跡が残っていた。

獣を引きずった跡……にしては、その痕跡は大きすぎる気がする。

「奪った家畜を引きずった跡かしら?」

フレデリカも覗《のぞ》き込むように、その跡を見る。

その際にカールは眼前で豊かな胸が揺れて赤面したが、フレデリカは気づかないふりをした。

「洞窟《どうくつ》に続いてる」

「なら、賊は洞窟の中か」

リグが楽しそうに笑い、視線を廃坑の入り口へ向けた。

気の強そうな外見そのままに、血気盛んな言葉だ。

「厄介《やっかい》ね」

それに反して、思慮《しりょ》深いカールはまだしも、フレデリカも考えるようにその形の良い顎《あご》に指を添える。

理由は簡単だ。洞窟内では、強力な魔法は制限される。

長く使われていない廃坑など、爆発ひとつで崩落の危険すらある。フレデリカはそれなりのレベルの魔導士であり、だからこそ自身の魔法の威力を把握《はあく》していた。

そして、自分たちパーティの力量も。賊の数がわからない現状では、魔法を制限される洞窟内に無策で攻め入るということは避けたかった。

だが、なぜ野犬などがいないのか、とも考える。

相手は本当に賊なのか。野生動物——たとえば熊などが縄張りにしているだけだとしたら、カールとリグのふたりでも問題ない。

洞窟から誘い出して得意の風魔法で切り刻んでやればいい。

だが複数の山賊となれば、ふたりでは不覚を取ることもあり得るし、乱戦となればフレデリカも強力な魔法を使えなくなる。

「そうか?」

「あなたはあいかわらず、頭の中も筋肉ね」

「む……」

フレデリカが魔法を使えなければ、このパーティの火力は並程度だ。

このパーティが三人で成り立っているのは、魔導士であるフレデリカがいるからともいえる。

魔導王国といわれるこの国には魔導士が多い。だがそれは、王宮勤めの魔導士だ。冒険者には質の低い――使える属性がひとつのような魔導士しかいない。

だからパーティは四～五人が普通であり、大物を狩るとなると臨時で十人以上になることも珍しくない。

しかしそうなると、報酬《ほうしゅう》の分け前はどうしても減ってしまう。少人数でパーティを組める。

それは、冒険者にとって魅力的なことだった。

「でもたぶん、賊はそんなに多くないと思う」

そう口にしたのは、気の弱そうなカール。その視線はもう引きずった跡ではなく、廃坑の入り口へ向いている。

「あら、どうして？」

「相手が大人数なら、少しは足跡が残るはずだ。でも、探してみたけど見当たらない」

なるほど、とフレデリカは感心する。

「足跡がないのは、たぶんこの引きずった跡で消えてしまったからじゃないかな」

「じゃあ、相手はひとりかふたりってことか？」

じれったそうにリグが聞く。

相手が何人であれ、早く終わらせたいという気配が伝わってくる。

「でも、牛を引っぱるとしたら、人がたくさん必要になると思うんだけど……」

「相手は怪力ってことか？」

「それだけならいいけど」

「んだよ。ずいぶん勿体《もったい》つけるな」

リグが面倒臭《めんどうくさ》そうに頭をかく。そんなリグから視線を外し、フレデリカはカールを見ていた。

「だったらあなたは、犯人はなんだと思う？」

「そこまでは……ただ、用心したほうが良いと思う」

カールは臆病だ。だが、その臆病さは冒険者にとって長所でもある。

臆病であるからこそ、冷静に物事を見ることができる。決して油断せず、どれだけ優勢でもわずかな危機を感じたなら足を止めることができるというのは、一種の才能だろう。

「あなた、勘が鋭いものね」

「はは……山ではこういう細かなことに気づけないと獲物を追えないから」

そうつぶやくと、恥ずかしそうに視線を逸《そ》らす。

「なら、どうする？」

リグが、カールに聞く。

「単純だけど、入り口の陰に隠れるのが無難かな？　相手はまだ、僕ら冒険者が来ているって気づいてないと思うし」

「面倒だけど、しょうがないか」

フレデリカが疲れたようにつぶやく。べつに、廃坑まで歩いたから疲れたというわけではない。できれば日が昇っているうちに解決し、夜は宿でゆっくりと眠りたかったのだ。

「でも、毎日襲っているらしいし、今日の夜か明日の朝には解決ね」

「おう」

そう楽観的につぶやき、入り口の死角の岩陰にフレデリカとカール。入り口を挟んで反対側の岩陰にリグが隠れる。

離れてはいるがお互いを視認できる場所であり、死角もない。廃坑から出ている可能性もあるので周囲を警戒しながら、三人は夜を待った。

＊

獣道からわずかに逸れた場所、大木の根と生い茂った草に隠れるように――それはいた。牛ほどの大きさにまで成長したスライム、ブラックウーズだ。

最初に飲み込んだ老人の知識を得たソレは隠れるということを学んでいた。罠《わな》を避け、人の目をかいくぐり、獲物を飲み込む。

人目につけば警戒される。警戒されると魔物狩りの集団――冒険者や女神を信奉する神官戦士、獣人の狩人《かりゆうど》などに追われることになる。

それを避けるために誰にも見られないように麓《ふもと》の村を襲った……不運だったのは、偶然、冒険者の一団が通りかかったことだろう。

しかし、それを嘆《なげ》くようなことはない。そう考える感情のようなモノが欠落しているのだ。

男がふたりに女がひとり。

先日、人間の雄《おす》を消化してしまったスライムは、意識が雄側へ傾いていた。

つまり、男は餌《えさ》、女は苗床《なえどこ》だ。

それは、普通のスライムには存在しないはずの意志ともいえるものだった。

どうにかして、あの女を手に入れたい。

だが、老人相手なら問題ないだろうが、現役《げんえき》の冒険者相手だと一対一でも勝てるかどうか。危険は冒さない。それもまた、普通のスライムにはない思考だった。

ブラックウーズはその液状の身体《からだ》を十全に活用できる夜を待つ。黒に近い灰色の身体を隠す、夜の闇を。じっと、じっと。身動《みじろ》ぎ一つせず。風が吹いても揺るがず。

どれだけの時間が経っただろうか？

夜闇が山を包み込み、スライムに味方する。狙うのは単独で隠れている大柄なほうの男だ。ふたりで隠れているほうは危険が大きすぎた。音を立てないように廃坑の入り口から離れた場所まで移動すると、岩肌を伝って登り、大柄な男の頭上に位置を取る。

スライムならではの死角への移動。

若かりし頃の老人が、スライムが天井へ張りついていることに大層驚いていた記憶があった。だからそれを利用した。人間の死角、頭上から自身の粘液を垂らす。

男の首筋に垂れたソレは、今日までたくさんの獲物を捕らえてきた麻痺毒《まひどく》である。男なら遠慮《えんりょ》はいらないので、いまの自身ができる最高濃度の麻痺毒を首筋へ数滴垂らすと、驚いたように人間の男が見上げた直後に脱力した。

悲鳴も上げられない様子から、麻痺毒は効果があったようだ。

岩肌から音も立てずに落ちたスライムは屈強な男……リグをその身体の中に取り込んだ。ブラックウーズの液状の体の中に気泡《きほう》が浮かぶ。痙攣《けいれん》していた男の身体が、次第に動かなくなる。

しかし、取り込んだ男のことなど一顧《いっこ》だにせずスライムは移動する。

次はわざと草葉を揺らしながら移動した。この暗闇だ。自身の姿が人間に見えないことを理解しているからこそできる罠といえるだろう。

案《あん》の定《じょう》、残った男と女が警戒するようにブラックウーズのほうへ視線を向ける。しかし、遠い。それに、明かりのない冒険者たちには、ブラックウーズの姿が見えていない。

隠れていると思っている彼女たちは松明《たいまつ》などを使わず、音を出すことを躊躇《ためら》った。

剣を抜き、警戒しながら男の方がブラックウーズの方へ向かってくる。だがその視点は定まっていない。スライムを捉えてはいない。

触手の射程内に入った瞬間、スライムは自身の身体を触手のように伸ばすと男の顔面へ狙い違わず叩きつけた。突然の出来事に混乱し、もんどりうって尻餅《しりもち》をつく。

そのまま触手を切り離し、顔全体を覆《おお》うようにする。

「ぶふっ!!」

男は顔面に貼りついた触手を引き剝《は》がそうとするが、粘液をつかめず混乱している。

そのまま倒れ込みもがく様子を観察していると、スライムの身体が斬《き》り裂かれた。痛覚といった感覚はないが、これにはさすがに驚いた。

風の魔法だ。知識としては知っていたが、驚きが勝った。動きが一瞬鈍るが、即座に斬り裂かれた身体を寄せて再生する。

微塵《みじん》に斬り刻まれても、スライムなら『核』を破壊されない限り死ぬことはない。

だが、体内に取り込まれていた男はどうしようもなかった。元から死んではいたが、風魔法でふたつに裂かれてしまい上半身と下半身が粘液の中を揺蕩《たゆた》う。

そうこうしているうちに、もがいていた男の反応が鈍くなっていく。

麻痺毒が効いたのか、それとも酸欠か。しばらくして男の顔を覆っていた粘液を剝がし、自身の本体に同化する。

胸が上下していることから、呼吸をしていることを確認。しかし、男は動かない。酸欠ではなく麻痺毒が効いたのだ。

まだ意識はしっかりしているのだろう、視線はスライムを見上げてくる。

――再度、風の魔法で斬り裂かれた。

「カール!!」

魔導士の女だ。

長大な杖《つえ》を構え、ブラックウーズを睨《にら》んでくる。気の強そうな瞳は敵意に染まり、その表情に浮かぶのは憤怒《ふんぬ》のソレ。

長い髪が身の内より溢《あふ》れ出た魔力の風に揺れていた。

「魔物!?　なんでこんなところに!!」

女が驚いているうちに、男の下半身へ触手を伸ばす。あとは引き寄せて飲み込むだけである。

次は、女だ。

＊

この場所が木々の生い茂っている山ではなかったら、フレデリカの勝利は揺るがなかっただろう。フレデリカの持つ属性には、火の魔法がある。風で斬り裂いても、大地を隆起させ岩で潰しても、スライムを殺せない。だが、火で焼けば簡単に消滅させることができる。

魔物とは人類の敵だ。倒さなければならない、生かしておいてはならない相手。その殺意を隠すことなく、手に持つ魔導杖にフレデリカは魔力を込めた。

「リグ!!」

いまだ岩場に隠れているはずの仲間を大声で呼ぶ。だが、返事はない。

そのことに焦っている間に、本当にゆっくりと、スライムのほうへカールが引きずられていた。

「カール、なにしてるの!!」

返事はない。身体が痙攣している様子から、フレデリカはなにかしらの毒を盛られたのだと判断する。致死性のものか、それとも身体の自由を奪うものか。

とにかくカールを助けるために、魔法を発動。無詠唱《むえいしょう》で、もっとも単純な風の刃を生み出して、カールを引き寄せるスライムの触手を切断する。

しかし、斬られた瞬間に切断面が結合し、時間稼《かせ》ぎもできなかった。

舌打ちをする。相性が悪い。彼女が得意とする風の魔法とスライムという軟体の魔物は、どうしようもなく相性が悪い。

土の魔法は風以上に意味がないだろうし、火の魔法を使うにはカールが邪魔だ。

「り――」

もう一度仲間の名前を呼ぼうとして、ソレに気づいた。夜の闇の中、月明かりに照らされた軟体の中に顔があった。身体があった。その身体は袈裟《けさ》に裂かれ二つに分かれてしまっていた。

「リ、グ……っ」

リグがブラックウーズに取り込まれたこと。その事実にいまさらながら気づいて、フレデリカは動揺《どうよう》してしまう。なにより、彼の身体はふたつに切断されている。それは、自分が最初に放った風の刃……魔法で切り裂かれたのでは。

そう理解して、カールのことを忘れ数歩あとずさってしまう。

フレデリカが動揺している間にカールは更に引き寄せられ、その足首までが軟体に浸かる。

「このっ」

フレデリカは、そんなカールへ駆け寄った。取り込まれようとしているカールだけでも助けようとしての行動だ。魔法では無理なので、引っぱり出そうとするのは悪手……そうわかっていても、仲間を見捨てることができなかった。

フレデリカは魔物と戦うのは初めてではない。……しかし、仲間を失ったのは初めてだった。才能ある美貌《びぼう》の女、今日までなにも失わずに勝ち続けてきた魔導士。

だからこそ……そのツケが。この夜、仲間を失った動揺による初めての敗北は、これからもその優れた才能で数々の偉業を成したであろう女魔導士の人生を狂わせるものとなった。

カールに駆け寄ったフレデリカは、左手をスライムの触手に捕らわれてしまう。右手に持った杖に魔力を込めるが、それより早く麻痺毒を纏《まと》った別の触手が右手に絡みつく。

濃度はリグたちに使ったものよりも薄い。動けなくなるが意識を失わない程度。

摑《つか》まれたことで更に動揺し、フレデリカは腕を引いて触手を千切《ちぎ》ろうと力を込めた。

「え……？」

だが、ふと覚えた違和感に驚きの声を漏《も》らして、慌てて視線を左手に向ける。手首から先の感覚が鈍い。杖を握っている実感がない。けれど、確かに左手はある。

それでもなんとか左腕を動かそうとすると、今度は左腕全体に鋭い痛みを感じた。

フレデリカは、その痛みに覚えがあった。足が痺《しび》れ、それを無理やりに動かそうとした時に感じる痛みだ。ジン、と。身体の芯にまで響くような、鋭い刺激。

「な、なに？」

次は、膝が折れた。カクンと腰が落ち、地面に膝をつく。

気がつくと、革ブーツの上から触手が巻き付き、その粘液を浸透させている。フレデリカは前のめりに倒れそうになり、両手を地面について顔を庇《かば》った。

ここで、フレデリカはどうしてカールやリグが抵抗らしい抵抗をできなかったのか理解した。

この毒……麻痺毒のせいだと。

そして、早く決着をつけなければカールのように自分も抵抗できなくなる。

痺れる左腕をなんとか持ち上げ、その先端をスライムに向けた。

「——炎剣よ、爆《は》ぜろ!!」

フレデリカは再び魔力を込めて杖を赤熱化させると、無防備に近付いてきたスライムへ突き刺した。そのままさらに魔力を込め、スライムの体内で爆発の魔法を放つ。

杖の先端に魔力が集まり、汚れて濁《にご》った液体の内側にうっすらと光る魔力の球が生成され、一瞬ののちに爆発。牛ほどもある巨体の半分以上が吹き飛び、飛び散る。

地面に両手をついた体勢のフレデリカの背中にも粘液の飛沫《しぶき》が降り注いだが——そのことは気にせず、フレデリカは安堵《あんど》の息を吐く。

当然、液体の中にいたリグの損傷も酷《ひど》くなったが……その姿に、フレデリカは目を伏せた。

(ごめんなさいリグ。でも、たかがスライムね。魔導士相手に、無防備に近づいてくるなんて)

そのお蔭《かげ》で倒せた。この爆発なら、弱点の『核』も破壊できた——そう思った瞬間、飛び散った粘液たちが一か所へ向かって動き出す。

「くっ……」

フレデリカは唇を噛《か》み、残っているスライム本体をもう一度爆破しようと杖へ魔力を籠《こ》めようとした。

「――ん」

ふと、この場に似つかわしくない声が漏れる。

それが自分の声だと、フレデリカは最初、わからなかった。

「ん、ひ――!!」

ピリッとした刺激が腕に奔《はし》る。

あわてて目を開けると、青いローブの袖《そで》からヒルのように小さなスライムの残骸《ざんがい》が侵入しようとしていた。痺れた肌の腕を這《は》われ、それだけでフレデリカは小さく声を漏らしてしまう。

そのまま服に包まれた二の腕、さらにその奥にある肩とわき……触手が肌の上を這うたびにピリピリとした刺激を覚え、フレデリカは淫《みだ》らに全身を戦慄《わなな》かせてしまう。

「な、んでっ――!!」

スライムが人間を取り込むならわかるが、なぜ服の中に侵入するのかが理解できなかった。

理解できないまま腕を振り乱して暴れようとして、腕が動かないことに気づく。

(毒――それに、この感じっ!!)

フレデリカは、当然ながら生娘《きむすめ》ではなかった。

だからこそ困惑した。腕を撫《な》でられただけで、まるで愛撫《あいぶ》されたような感覚を覚えたからだ。

「ふ、ん――」

触手とスライムの残骸が、どんどんローブの隙間《すきま》から服の中へ入り込んでくる。独特の粘り気を持つ粘液が服を汚し、嫌でも異物の存在を主張してくる。

地面に手と膝をついた体勢では長い金色の髪が重力に引かれて垂れ下がり、フレデリカの表情を隠す。だが、わずかに覗《のぞ》く口元は、悔《くや》しげに下唇を噛んでいた。

腕の感覚は更に鈍くなり、ついには徐々に肘が折れ曲がっていく。そのまま地面に美貌を押し付けそうになると、服の袖から潜り込んだ触手がまるで腕を支えるように固定した。

人間が魔物相手に頭を下げるような体勢を強要する行為に、嫌悪よりも屈辱《くつじょく》を感じて長い髪の間からスライムを睨みつける。

「くっ……」

それを抵抗とでも感じたのか、躾《しつけ》とばかりに、あまりの豊かさにインナー越しにも重力に引かれて垂れ実った胸を、触手が乱暴に根元から絞《しぼ》り、先端の乳首に向かって押し出すように揉《も》む。

「――っ、痛いっ!!」

フレデリカが訴えると、まるで言葉を理解するように触手の動きが優しくなる。

腕を支えていた触手の力が緩《ゆる》むと、すぐに肘が折れ、頬《ほお》を地面につける羽目になってしまった。豊かに実った巨乳が地面に押し潰され、形を歪める。

「離せ！　このっ、薄汚いバケモノがっ!!」

地に頬をつけたまま、フレデリカは心まで折れまいと叫ぶことで抵抗する。なぜスライムが自分をすぐに殺さないのかは理解できなかったが、彼女は最後まで抵抗することを決めた。

魔物に屈するなど、あってはならないことだ。そんなの、絶対にあってはならないのだ。

瞳を強気に吊り上げ、身体《からだ》が不自由だというのに身体を這い回る粘液を睨みつける。そうやって威嚇《いかく》することでスライムを牽制《けんせい》しようとするが、そんなことは関係ない。

スライムはフレデリカの眼光など無視して優美な肢体《したい》を這い回り、ローブや厚手のズボンの上から美女を彩っていく。

「っ、うっ――」

痺れが腕から全身へ巡り始めると、徐々に、ほんの少しずつだが、フレデリカの呼吸が乱れ始めた。

（くす、ぐったい……っ）

痺れた箇所《かしょ》から広がるピリピリとしたもどかしい刺激は強過ぎず、弱すぎず。まるで肌の上を爪のような硬いもので擦られ、その刺激が浸透していくような気持ち。

弱い痺れからの刺激は心地好さに変わり、その刺激に身体が慣れると、男を知っている身体はもどかしさを覚えて無意識に身体をくねらせてしまう。

声を出すことは我慢しているが、鼻息は余計に乱れ、汗が噴き出す。そこまでフレデリカの身体が反応すると、ブラックウーズは胸を覆《おお》っていた粘液の粘度を増した。

地面に押しつけられて形を変える豊乳へ、器用に巻きついていく。

それはまさに、捏《こ》ねるという表現が最適な光景だった。

乳房の付け根に巻きついて絞ったかと思えば、地へ伸ばすように乳首を引っぱり、上下左右からまるで指圧するかのように揉んでくる。

フレデリカは知らなかったが、それは家畜――牛の乳を搾《しぼ》る手の動きだった。取り込んだ老人の知識からブラックウーズが学んだことだが、それがなんなのか知らなくても、自分の胸が物のように扱われるのは我慢ならない。

「は、ひ……」

だが、不意に開いた口から漏れたのは、先ほどよりも熱い声。

まるで自分のものではないかのようなはしたない声に、閉じたまぶたに力を込めた。

(違う、違う違う違う違う違う!!!!)

何度も、何度も、何度も……心の中でそう叫ぶ。

だが、胸の熱は治まるどころか増していく。グチュグチュと音を立てて捏ねられるたびに、いままで味わったことのない感覚に襲われてしまう。

気持ちは魔物を嫌悪しているが、男を知っている肉体は性に飢《う》えている。そんなどうしようもない状態。感じたくないのに感じてしまう。

殺したいほど憎いのに、抵抗できずに犯される現状が、強気な女の心を侵す。

一週間以上、自慰《じい》も行っていない二十二歳という女の盛りの肉体は、あまりにも脆《もろ》かった。

目を閉じ、快楽をこらえる一方で、ぐちゃぐちゃに揉み犯される胸の先端を無意識に地面に擦りつけてしまうほどに。

「ふ、ん……ん」

服はなにひとつ脱がされていないというのに全身が慄《おのの》き、恐怖に縮こまる。

「やめ、ろぉ……」

口調だけは強気なまま、うわ言のように呟《つぶや》く。そんな言葉に、スライムが応じるはずもない。

胸を犯していた触手とは別に、スライムの触手が服へ入り込んでくる。それがわかっていても、フレデリカには抵抗する術《すべ》がなかった。

新たに服へ潜り込んだ触手は胸に向かい——その先、インナー越しに自己主張する突起へと巻きつく。器用にも、ヒモ程度の細さになって。

「ひ、ぃ……」

口では悲鳴を上げながら、しかし何度も乳首だけを扱《しご》かれると、嫌でも性感を覚えてしまう。

「はぁうっ！」

口から、はっきりとした、火がつきそうなほどに熱い嬌声《きょうせい》が出た。

それが合図だったように、胸を犯す触手の動きが加速する。右の胸は根元から絞るように揉まれ、左の胸はその巨大な脂肪《しぼう》全体を捏ねるように扱われる。

「んっ、はっ――はぁっ!!」

(なにっ、これ!!　なにこれなにこれ!!　ひ、い――い)

痺れて自由の利《き》かない身体が、意に反して痙攣《けいれん》する。心は折れまいとするのに、肉体がどうしようもなく屈してしまっている。

開いた口は閉じることができず、いままで自分が出したことのないような甘い声を垂れ流す。突き出された舌を伝って涎《よだれ》が地面へと垂れ、ブラックウーズの触手の上へ落ちた。

(う、そ……うそうそうそ!!　い、――)

生まれて二十二年。処女を失ったのはいくつの時だったか。

「ん、ぅぅぅ――!!」

これまでの人生で初めて、フレデリカは胸だけで果てた。

数回痙攣した上半身は地面へ投げ出されるように伏せ、その胸が肉感たっぷりに潰れ、歪む。

「は……ぁ」

(すご――)

女の強い意志を表していた瞳がぼんやりとまぶたを開け快楽に濁り、涙で濡れていた。その瞳はなにも映しておらず、夜の闇とそこにある叢《くさむら》をぼんやりと眺める。

だが、触手が止まっていたのはその瞬間までだった。

「んぅ!!」

地面に押しつけられ、形を歪ませた胸。その豊かな胸への刺激に、フレデリカが目を見開く。

「やめて!! おねがい、やめて!!」

両の手に力が入らず、口でしか抵抗できないが、それでもフレデリカは大声で抵抗する。

この状況でもまだ諦めず、必死に逃げようと周囲を見回したその一瞬、浅ましく喘《あえ》いでいる自分の姿を見ている、一対《つい》の瞳を見つけてしまった。

それはカール。麻痺毒《まひどく》に身体の自由を奪われ、ブラックウーズの触手に引きずられていた彼は、軟体へ肩まで浸かってしまっている。

その視線は……この場で唯一対抗する手段を持っているであろうフレデリカを見ていた。いや、凝視していたといってもいい。

「ぁ――――あっ!!」

再度、フレデリカの身体が大きく痙攣する。スライムに嬲《なぶ》られ、痙攣し、喘がされた。その一部始終を見られていた……その恐怖に震えたのだ。

「見る、な――見ないで……っ」

普段の彼女を知っているなら、信じられないほど弱々しい声が漏れた。ブラックウーズへ飲み込まれつつあるカールから視線を逸《そ》らして、地面を見る。

しかしそれでも、カールの視線が自分に向いているとフレデリカは感じた。

（ちがう……ちがうぅ）

あっさりと二度、三度と痙攣すると……今度は後ろに突き出していた尻を一度大きく震わせ、続いて小さく何度も痙攣させる。

「な、ん……なんでぇ!!」

自分が絶頂したのに触手の動きが止まらないことに困惑の声が漏れた。止まらないのだ。何度も、何度も、何度も何度も何度も――フレデリカの胸を犯す。

豊かで、敏感で、淫乱《いんらん》で、最大の弱点となった胸を休むことなく犯す。

胸を捏ねられるたびに全身が痙攣し、乳首を擦られるたびに腰が男を求めるように前後した。

魔導士のローブを着たままだというのに、絶頂に至ると引き攣《つ》った声が漏れ出てしまう。

「ひ、ひぃ――は、ひぃ!!」

（なんで!!　どうして!!）

確かに、フレデリカの胸は敏感だった。だがそれは、性感を得るという、普通の生理現象だったはずだ。

こんなバケモノに犯されて、無理やりに組み伏せられて、屈辱《くつじょく》に涙を流して、獣のように浅ましく尻を突き出して、他人に見られて、感じるほどではなかったはずだ。

「いやっ、だめっ、だめぇ!!」

意思は、確かに抵抗している。もし、いますぐに解放されたなら、このスライムを跡形も残らないほど激しく、確実に、焼き殺すだろう。

強い意志の光を放っていた瞳が徐々に淫蕩《いんとう》に曇り、強気に吊り上がっていた目尻は下がって涙を流している有様。

そこにあるのは魔導士フレデリカの顔ではなく、弱々しい女の貌《かお》だった。

「も、やめぇ……!!」

それでも触手は止まらず、ローブの下でフレデリカの豊乳を捏ね続ける。

もはや、そこに冒険者としての矜持《きょうじ》などなかった。粘液の触手が蠢《うごめ》くと、恐怖と……次の快楽を期待するように身体が震えてしまう。

そんな自分の変化を認められず、なにより恐ろしくて、フレデリカは俯《うつむ》いていた顔を上げた。

「たすけ、へ……かー……」

その声が、途中で止まる。先ほどまでフレデリカを見ていたカール。いままで一緒に旅をしてきた、気弱な青年。

彼は頭まで粘液の中へ沈み込み、口を開け、白目を剝《む》いていた。

その表情は苦悶《くもん》に染まり、開けられたままもう二度と閉じることはないであろう口は、まるで怨嗟《えんさ》を叫び続けているかのようですらあった。

フレデリカが快楽に喘ぎ、悶《もだ》えていた時。彼は粘液に取り込まれ、痺れた身体では抵抗などできず、呼吸困難で死んでしまったのだ。それはどれだけ苦痛で、どれだけの絶望だろうか。

フレデリカは、そんなカールを……カールの死体を、胸を揉《も》まれながら、その刺激に身体を震わせながら、ただただ呆然《ぼうぜん》と見ることしかできない。身体中を粘液に塗《まみ》れさせ、服や頬《ほお》には泥がつき、顔は粘液とは別に涙や涎で汚れてしまっている。

そんな、あまりにも無様な格好で――。

「かーるぅ、たすけへぇ……」

彼女は、三度目の絶頂に突き出した尻を痙攣させながら死体に助けを求めた。

もはや、フレデリカにどれだけの時間が経過したなどということはわからない。

リグが死んだ。カールも死んだ。

その死体はいまだにブラックウーズの中を揺蕩《たゆた》っており、そのことがフレデリカの心を締めつける。そして、いつか自分も――。

精も魂も尽き果て……疲れていた。もう、なにも考えたくなかった。

「んぅ!!」

イき果て、意識を手放して倒れ伏そうとした瞬間、触手によって腰が支えられた。

ズボンのベルトをカチャカチャと鳴らして外そうとする。その音が、フレデリカの喘ぎ声しか聞こえなかった闇の中で、妙に高い音で響いた。

（え……え、え!!）

ズボンを留めていたベルトが外される。それは、ソレの意味するところは――。

「や、え……やめぇ！」

イきすぎて言うことを聞いてくれない身体に鞭打《むちう》ち、這《は》うようにして逃げようとする。そこにはもう、冒険者としての姿などなかった。

凌辱者《りようじよくしや》から逃げるひ弱な女。まさにそのままだった。泥に塗れ、這って逃げようとする。

（やだやだやだやだやだやだ!!!!）

犯される。魔物に。畜生《ちくしよう》以下の世界の敵に。胸だけで女を満たすバケモノに。

その恐怖に衝《つ》き動かされ、汗の浮いた頬を泥で汚しながら這って逃げようとする。

「やだ！　誰か、誰か、誰か!!　カール、リグ！　助けて、助けてぇ!!」

助けを求めた先はもう絶命しており、この悲鳴はどこにも届かない。そうわかっていても、女の本能が、弱い部分が、犯される恐怖に負けてしまう。叫んでしまう。

「は、ん――や、やぁ」

だというのに胎《はら》の奥が熱く、強く、疼《うず》く。どうしようもない。身体はスライムの触手の味を知ってしまった。

冒険者の、魔物狩りの意志が折れても、それを認めてしまっては……彼女は、フレデリカは冒険者ではなく、魔導士でもなく……魔物と同等の畜生に堕《お》ちてしまう。

だから、身体がどれだけ裏切っても、意志が折れても、魔導士として研鑽《けんさん》した自分を、人間であることを失いたくなくて。いまは逃げても、次はかならず——。

カチ、と。ベルトの金具が外れる音が、耳に届いた。

「やぁ、やだやだ——おねがい、やめてぇ!!」

泣いた。小娘のように、生娘《きむすめ》のように、泣きながら、娼婦《しょうふ》のように腰を振ってしまう。

触手から逃げようとするお尻が、まるで誘うかのように揺れる。これから犯されることを期待する肢体《したい》が、ただそれだけで小さく痙攣してしまう。

「なんで!!　どうして!!　魔物なのに、魔物なんかに!!」

フレデリカは、絶対の意志をもって拒絶の言葉を口にする。

その間にベルトの拘束《こうそく》が解かれ、次は厚手のズボンが下げられる。そちらも、女性らしく実った安産型。胸は豊かで、尻もよく実り、腰には優美なくびれがある。

その見事なお尻を包み込むのは、飾り気のない、だが大人の女性らしい黒のショーツ。

そこの股間《こかん》部はすでに、何度もの絶頂で触れられてもいないのに湿っていた。

「おねがい！　お願いだからぁ——もう許してぇ」

泣きわめくその声をやはり無視して、触手が黒いショーツを脇に避ける。

長旅で揃《そろ》えられていない、淫猥《いんわい》に茂った黄金色の陰毛は愛液に濡れて股間へ貼りつき、陰部はこの先の刺激を待ち望むようにヒクついている。

臀部《でんぶ》のあいだ、肛門《こうもん》の穴まで晒《さら》され、フレデリカは羞恥《しゅうち》に啼《な》く。

「おねがい、おねがい、おねがい、おねがい――――」

子供のように、同じ言葉を繰り返す。瞳からは涙があふれ、それだけではなく無様に鼻水まで垂らしてしまう。

犯されるという恐怖が胸に湧き、胸が締めつけられ、だというのに夜の冷たい風が濡れた陰部に触れると、それだけで陰部のヒクつきが自分でも感じられた。

用意されたものは、成人男性の平均的なサイズ。フレデリカからは見えないが、いままで胸を揉んでいた触手とは違い、しっかりと直立している。

それが、陰部へ口づけをするように添えられた。

「お願い、だから……」

抵抗は一瞬。一週間ぶりに獲物を銜《くわ》え込んだそこは、スライムの触手を食いちぎるように締めつけてしまう。そこにフレデリカの意思などない。女の本能だけがあった。

「ぁ――は、ああ!!」

(嘘、うそうそうそ!! 入ってる!! 私の中に、魔物が!!)

自分の中へ侵入してくる異物を感じ、意志が折れそうになる。心が折れそうになる。

どうしようもない絶望が胸を占《し》め――。

「ぁあ、ああ、ああ!!」

(入ってきてる――ッ)

――どうしようもない快楽が、フレデリカという女を犯す。

(なにこれ、なに――)

ただのひと突きで、一番奥まで貫かれた。

並みの人間の男では犯せない場所、その入り口までたったのひと突き。長く使われていなかった膣壁を力任せに抉《えぐ》り、最奥である子宮の入り口までを密度を増した硬い触手で穿《うが》たれる。技巧などなかった。ただただ、力任せ。暴力的な注入。

最奥から一気に入り口近くまで引かれ……また、力任せに穿たれる。痛みを感じそうなほどの突き込みだが、不思議と痛みはない。それは、触手が粘液でできているからだろう。これが普通の男、硬くたくましい、熱をもった男根だったならばまた違っていたはずだ。

フレデリカ自身からあふれる愛液とは別に、滑るブラックウーズの触手だからこそ、最近使われておらず硬くなっていた膣壁を傷つけることなく刺激する。

「そ、そこぉ! そ――ひぃん!! むぇ……むぇやめぇ!!」

触手の注入に合わせるように、胸を拘束していた触手も動き出す。

「やめ、っ――やめぇ! 強くしないでぇっ!」

フレデリカが発する言葉の反対のことをするように、しかし言外の意志を満たすかのようなスライムの動きに、もはや嫌悪感は湧かない。

それどころか愛《いと》おしさすら感じながら、触手に合わせて腰を振る。

黒のショーツに飾られた下半身が、魔物のペニスを迎え入れる。長い冒険によって鍛えられた下半身が触手を締め上げ、少しでも気持ち良くなってもらおうと自分から腰を打ちつける。

そう長い時間は経っていない。だというのに――。

「イ、んううう――!!」

フレデリカは痙攣《けいれん》し、その絶頂をスライムへと告げた。

開いた口からは涎《よだれ》があふれ、その瞳はなにも見ていない。絶頂後の快楽にただただ意味のない言葉を吐き出す。その先には、ブラックウーズがいた。その中には、ふたつの死体があった。

だがそれすらも、フレデリカには見えていなかった。

「あー……ぅ、ん、あ……」

痙攣する。強く、強く――いままでの人生で、もっとも激しい絶頂。

本当の、女の絶頂。

心が、意志が、冒険者の矜持《きょうじ》が、魔導士の誇りが――いまこの瞬間、完全にへし折られた。

「おねがい、だから……ぁ」

スライムのペニスが刺さったままの下半身を緩《ゆる》やかに揺らす。

クチュ、とスライムの粘液と自身の愛液が混ざり合った音が耳に届くと、新しい涙が頬を伝って地面に落ちた。

「……もぉ、ゆるしへぇ」

そう言った瞬間、力強く触手ペニスが叩きつけられる。

「ぉ、ほ——ぉ」

子宮の入り口に叩きつけられた一撃に、意識が揺れる。虚《うつ》ろだった瞳はまぶたの裏へ隠れ、閉じることのない口から涎が飛ぶ。

涙や涎だけではなく鼻水まで垂れ流し、強気だった瞳は白目を剝《む》き、触手の動きに合わせて地面に顔を擦りつける。

そこにはもう、ただの女しかいなかった。魔物に犯される女。犯されて……悦《よろこ》んでいる女。

「ユぅ……ひてぇ」

また、触手が叩きつけられる。許しを請う。何度も、何度も、何度も——。

もう何度イった？　もう何時間犯された？

それでもフレデリカは解放されていなかった。

その美貌《びぼう》を快楽に歪ませ、無様に開かれた口からは涎どころか泡《あわ》を吹いている。

胸を犯され、膣を犯された。反応がなくなったら、肛門も犯された。

だがそれでもフレデリカは犯され続ける。スライムの粘液とフレデリカの汗と愛液を吸った地面はグチュグチュと湿った音を立てるほどまで濡れている。

いまはまだ、このスライムは『射精』という能力を得ていなかった。

精巣《せいそう》がまだ不完全で、射精することができないのだ。

女を犯し、射精し、孕《はら》ませる。そのための行為だというのに、スライムは射精することができない。

だからフレデリカは犯され続ける。意識を失くしても。スライムが射精できるようになるその時まで。

何度も、何度も、何度もイかされる。

「――、――っ、――……」

日が昇る頃には、動かない人形のようになっていた。

ようやく体内のふたりを消化し終わったブラックウーズは、病的な痙攣を繰り返すだけとなったフレデリカを、触手を巧みに使って抱え上げた。

そのまま、ゆっくりと動き出す。魔法銀《ミスリル》廃坑の入り口――その奥へ、運んでいく。

太陽の光が届かないその穴は、まるで地の底へ続いているかのよう。

粘液に塗れた裸体を陽光に輝かせ、女魔導士は薄暗い廃坑の奥へと運ばれていく。孕ませる。

ただただ、そのためだけに。

# 第二章 ―― 新たな獲物

フレデリカが行方《ゆくえ》不明となった二日後、麓《ふもと》の村の老人たちは数人で廃坑がある山を捜索した。

恐ろしくはあったが、冒険者が行方不明となると、それはもう騎士団か魔導士団の問題だ。

せめて騎士団に動いてもらえるだけの証拠を見つけなければと思い、山狩りをした老人たちが見つけたのは立派な魔導士の杖《つえ》と、フレデリカたちの荷物だった。

ブラックウーズは肉や草木などは溶かせるが、服や革鎧《かわよろい》、鉄製品は溶かすのに時間がかかるため、体外へ捨てたのだ。

それを老人たちが見つけ、王都のギルドへと持ってきた。冒険者が消える事件なので、村が報酬《ほうしゅう》を用意しなくても、内容によっては国が報酬を用意するだろう。

この事件はギルド内でもそれなりに有名で、実力もあった魔導士フレデリカ達が行方不明となったため、依頼内容は誰もが興味を示すこととなった。

……だが、だからといって誰もがその話に飛びつくはずもない。

どんな話も、命あっての物種だ。死んでしまっては意味がない。

フレデリカはギルドの中では有名で、魔導士としての腕も認められていたということもあって、誰もがこの依頼を受けなかった。

そうやって、魔法銀《ミスリル》廃坑の調査の依頼書が貼り出されて数日が過ぎる。

誰もが目を逸《そ》らし、時間が経つと見向きもしなくなった依頼書が寂しげに掲示板で揺れていると、その依頼書を小さな手がつかまえた。

「……この依頼」

ギルドの喧騒《けんそう》にかき消されてしまいそうな小さな声。

掲示板の依頼書を背伸びして取るほどの小さな背に、不釣り合いな大きな杖を持つ女だ。

くすんだ灰色の髪は左側でまとめてサイドアップテールにし、眠たげな双眸《そうぼう》が依頼書を読む。

「サティア、その依頼を受けるのか？」

真鍮《しんちゅう》色の瞳が文字を追って左右へ動いていると、ギルドにいた男のひとりが声を掛けた。

サティア。ファミリーネームはない、元奴隷《どれい》の女だ。魔法の才があったサティアは、奴隷として買われ、主につき従う形で冒険者をしている。

小柄な体格から幼く見えるが、冒険者としての経験は長く、初めてギルドの門を叩いた年齢を考えると既に成人している女性である。

サティアの身長は、同年代の娘たちよりも頭半分ほど低い。だというのに魔導士の杖は彼女が持つには不釣り合いなほどに長く、サティアとほとんど変わらない大きさ。

それが綺麗《きれい》な女の子に愛嬌《あいきよう》のようなものを感じさせ、修道女のような厚手の黒いローブを纏《まと》ったその容姿は、武骨な冒険者というよりも、物静かなお嬢様といった雰囲気《ふんいき》を抱かせる。

サティアは眠たげな双眸で声をかけてきた男を見上げた。

「……はい」

「けどそりゃ、フレデリカが行方不明になったヤツだぞ？　おまえらにゃ荷が重くねぇか？」

「……そうですか。ご主人さまと相談してみます」

奴隷として扱われていたせいか、サティアは男性が苦手だった。同業者の忠告に耳を傾けながらも、無意識に男性冒険者から一歩、距離を取ってしまう。

人間に慣れていない猫のようでギルドの皆から愛されているのだが、本人は言葉足らずな自分があまり好きではなかった。


賑《にぎ》やかな冒険者ギルドの片隅、そこには年の頃は二十歳前後くらいの青年がいた。

サティアの主人である、アルフレド・ウィル。金髪碧眼《へきがん》に、人の好さそうな微笑《ほほえ》みを浮かべる好青年だ。

その主人が座る机に、サティアは先程の依頼書を静かに差し出す。

「……報酬が良いのは、これだけでした」

「そうか。ありがとう」

そう言い、サティアが差し出した依頼書に目を通すアルフレド。

その横顔をじ、と見つめるサティア。

「……フレデリカ、という方が行方不明になっているそうです」

「そう、みたいだね……」

サティア自身はフレデリカと面識がなかったが、アルフレドは何度か彼女と依頼を共にした経験があった。

明るく気さくで、自信に満ちあふれた美貌の魔導士。それがアルフレドの中のフレデリカ像である。友人というほどでもないが、まったく知らないというわけでもない。

こうやって彼女が行方不明となり、自分の元にその依頼書が回ってきたことに不思議な縁のようなものを感じてアルフレドは少しも迷わずその依頼を受けることを決めた。

「報酬も良いし、受けてみようか？」

「……はい」

主人が決めたなら、奴隷がそれに異を唱えることはない。

青年が立ち上がると、サティアは見上げる形となって、アルフレドへ視線を向けた。

「あ、ふたりでは危ないと言われました」

「そっか……そうだね。フレデリカさんのこともあるし、誰か手伝ってくれる人を探そうか」

サティアから見て、アルフレドの剣と魔法の技量は相当なレベルだった。おそらく、同年代ならばフォンティーユ国でも上位に食い込めるほどに。

だというのに、この青年は油断も慢心もしない。最善の手で、最小の危険で依頼を遂行《すいこう》する。サティアの中で、アルフレドというご主人さまは、地獄から救ってくれた『勇者』ともいえる存在であった。

奴隷として買われ、この世界で生きる術《すべ》を教えてくれた。冒険者としての技術……簡単な体術と魔法を使うための知識。家事全般は主人からもっと必要とされるよう自分から学び、いまではそこらのメイドよりも気が利《き》く存在だ。

だが女として使われたことはまだ一度もない。

アルフレドに意中の女性がいるのか、それ以外の理由があるのかをサティアは知らない。拾ってもらってから、もうすぐ二年になる。

妹のように、娘のように。アルフレドはサティアを大切に扱った。奴隷という存在がどういう意図をもって購入されるのかを知っているサティアからすれば、彼は優しすぎたといえる。

感情の表現に乏《とぼ》しく、言葉少ない魔導士であるが、その内面は年相応の女の子なのだ。

優しくされると情を寄せてしまう。それが、才能豊かで容姿に優れ、性格も良いとするならなおさらだ。

依頼を受ける旨《むね》をギルド長へ告げに行く青年の後を、灰色の髪を揺らしながらサティアは追う。あいかわらず眠たげな双眸だが、その瞳はしっかりと主人の背を追っていた。

馬車に揺られること数日、アルフレドたちは依頼書にあった田舎村《いなかむら》へ来ていた。

十数件の家と、広々とした放牧地。絵に描いたような田舎の村だ。ブラックウーズのせいで家畜の数はいくらか減ったが、それでもまだたくさんの牛たちがゆったりと歩いている。

アルフレドたちは村長と話し、廃坑の地図と、一晩の宿を借りることにした。

「今日は村に一泊して、明日の朝一番で山に登ろうと思う」

主人がいなくなった家を借り、そこへ荷物を運び終えるとアルフレドがそう言った。

しっかりとした造りの家。ここは最初にスライムの餌食《えじき》となった老人の家だった。

「そうだな。移動の疲れもある、今日はゆっくりしよう」

「ああ、せっかく家を丸ごと借りることができたしな」

「こんな田舎じゃ、風呂はさすがにないわなあ」

アルフレドより年上の冒険者たちが、思い思いのことを口にしながらリビングから出ていく。

フレデリカが行方不明になった依頼――それを受けたのは、アルフレドたち以外に、三人の男性冒険者。以前にも何度か一緒に依頼をこなしたことがある、信頼できる男達だ。

男性陣は広い客間を、サティアは家主が使っていたのであろう個室を使うことになった。

「サティアも、今日はもう休んでいいよ」

太陽が沈み、夜の闇が村を包み込む時間帯。

夕食の後片付けを終わらせたサティアがリビングへ戻ると、そこにはアルフレドがひとりいるだけだった。残り三人は村を見回るために外へ出ていた。

ここ最近は夜に村を襲うこともなくなったという話なのだが、一応の見回りだ。

そんなこともあり、いまこの家の中にはサティアとアルフレドのふたりっきり。

さりげない仕草で椅子《いす》に座るアルフレドの後ろへ控えると、何を言うでもなく静かに立つ。

そんなサティアをどう思ったのか、アルフレドは隣の椅子を引いて、その座面を軽く叩いた。

座るように、という合図だ。

「……ありがとうございます。その、ご主人さまはお休みになられますか？」

椅子へ腰を下ろして、サティアが聞く。主人より先に休むなど、奴隷にあるまじき行為だ。

「俺はもう少し考え事をしているよ」

「……では、私も一緒に」

「そうか」

アルフレドはこの周辺と廃坑の地図を広げて考え事に没頭する。

そんな青年の横顔をとくに感情の浮かばない表情でサティアが眺める。

……表情は乏しいが、感情がないわけではないのだ。そのことに、この魔導士のご主人さまは気づいているのだろうか。いや、きっと気づいていないだろう。

それでもいい、と。サティアは思う。こうやって一緒に旅をして、こんな静かな時間を共にする。それだけで、サティアは満足だった。

奴隷ということもあり、人並み以上に世間というものも知っている。

だからこそ、優しい主人に出逢《であ》えて、一緒にいられて、役に立てるだけで……満足だった。

隣に立つことなどできないとわかっている。理解している。奴隷というのは、それほどまでに身分が低いのだ。

ぼんやりと、いつもの眠そうな双眸《そうぼう》で青年を眺めながら、少しだけ彼女は微笑む。それは口元を緩《ゆる》めるだけという、とてもわかりづらい笑み。

心が温かくなって、胸が高鳴って、向けた視線を逸《そ》らすことができなくなる。

「…………」

だが青年は、彼女のそんな貴重な表情に気づきはしない。

そんな穏やかな時間は、三人の冒険者が戻ってくるまで続いた。

就寝の挨拶《あいさつ》をして、サティアは自分に割り当てられた部屋へ入った。最低限の家具だけが置かれた質素な部屋だ。

背負っていた大きな杖をベッドの脇へ立てかけ、そのままベッドへ腰掛ける。

「ふぅ……」

少し、心が浮ついている。サティアは、いまの自分をそう感じた。

短く息を吐き、眠たげにぼうとしていた瞳を閉じる。不謹慎《ふきんしん》だと自戒《じかい》するが、どうしても胸の奥が温かくなってしまう。いまさらながらに、頰《ほお》が熱くなるのを自覚した。

「アルフレドさま――」

名前をつぶやく。ただそれだけで、胸の奥の温もりが熱へと変わる。

――その、陶器《とうき》のように白く美しい指が、対《つい》となる黒ローブの上を滑った。

厚ぼったい生地は刺激を通さず、ローブの上からでは指の感触がほとんどわからない。

「ん……」

こうやって、王都の宿ではなく旅先でも自分を慰めるようになったのはいつからだろうか。

奴隷として買われた時か、物の読み書きや魔法を教えてもらった時か、奴隷としてではなく冒険者として必要とされた時か。

横目で部屋のドアをきちんと閉めたことを確認してから黒ローブをまくり上げると、下着が必要ないほどに貧相な胸が外気に晒《さら》された。

目を健気《けなげ》に強くつむり、まぶたの裏に思い浮かべるのは――愛《いと》しく想う彼女の主人。ただそれだけで頰が熱くなるほど初心《うぶ》なのに、細く綺麗な指は慣れた動きで陰部へと向かう。

右手は胸に。左手は飾り気のない白いショーツの上へ。その両方を指で押すような、拙《つたな》い自慰《じい》。しかしそれは、知識がないというわけではない。

身体《からだ》の肉づきが薄く、いきなり揉《も》んだりするような自慰は痛みを伴《ともな》ってしまうので、最初

は撫《な》でるように優しくほぐしていく。

……サティアは奴隷《どれい》だ。こういう必要があるからと、教育を受けている。

男の奴隷は主人の盾となり、女の奴隷は主人の性を満たすための道具となる。

だが、アルフレドという青年は違う。サティアを女と見ず、仲間として接していた。

温かな声でおはようと言い、ありがとうとサティアが作った料理を褒めてくれる。剣を振り硬くなった手で髪を梳《す》き、大きな手でサティアのあかぎれた手を包んでくれた。

「――んぅ」

自身の小さな手とは違う、大きくて硬い、武骨な手。

それを想像しながら、起伏《きふく》に乏しい胸を右手が撫でる。薄い胸に見合った小さな乳首は青年を想うだけで痺《しび》れ、軽く撫でるだけで自己主張を始めるほど敏感。

硬くなった乳首を撫で、摘《つ》まみ……そして、白いショーツの上から陰部を撫でる。

「ふ、ぅ――ん」

くぐもった声が外に漏《も》れないよう、捲《めく》り上げていたローブを噛《か》んだ。

ショーツの上から陰部を撫でていた指は、今度は熱くなった陰部の上にある陰核《いんかく》を撫でるような動きへ変わる。

皮に包まれたままでも充分な刺激を与えてくれる陰核は、彼女のもっとも弱い部分だった。

(ご主人さま……ごしゅじんさまぁ)

口にするのがはばかられ、しかし心中で何度も愛しい青年を呼ぶ。黒のローブがあふれた涎《よだれ》を吸い、その部分をさらに色濃くしていく。

乱れた息遣いと、衣擦《きぬず》れの音。それが隣の部屋にいるアルフレドへ聞こえないかという思考が過ぎると、それすらもサティアの淫欲を刺激する。

「ふーっ、ふ、っ……ふぅっ！」

（もっと、もっと強く触ってくださいぃ）

尖った乳首を押し込み、そのまま親指でくにくにと少し強めに捏《こ》ね回す。

陰核を撫でていた指はサティアの意思から離れてショーツの中に潜り込み、直に陰核を撫で始めた。しかし、そこはいまだ包皮に包まれたまま。その上から爪先でコリコリと優しく掻《か》くと、腰の動きはいっそう激しくなっていく。

「は、ぁ――ぃ、いい……いいです」

黒ローブを噛んでいた唇が、刺激に耐えきれずローブを離してしまう。

「アルフレド、さま……ぁ」

火照《ほて》った女の声で主人の名前を口にする。それが不敬《ふけい》だとわかっているが、だからこそサティアの絶頂を後押しする。

長く高く、女の身体を昇らせる。何度も、何度も、腰が痙攣《けいれん》した。白いショーツに浮いた楕《だ》円《えん》の染みが大きくなり、鼠径部《そけいぶ》にもそれとわかるほどに汗が浮かぶ。

しばらくその痙攣に耐えていると、サティアの身体から力が抜け、腰が力なく落ちた。

ベッドへ倒れると、涙に濡れた真鍮《しんちゅう》色の瞳はぼんやりと部屋の天井を見つめたまま動かない。

「はぁ——はぁ……ん、っ」

（寝巻着に着替えて、下着を替えないと……）

そんなことをぼんやりと考えながら、絶頂の余韻《よいん》にその淫《みだ》らな肢体《したい》を震わせる。

……この温かな熱に身を委《ゆだ》ねるように——サティアはまた胸と股間《こかん》に手を伸ばした。


次の日の朝、アルフレドたちは予定通りに山を登り、廃坑の入り口まで来ていた。

「んじゃ、行くか。暗いし、じめじめしているし……サティアちゃん、足元に気をつけろよ？」

仲間内で最年長の冒険者が腰のベルトに火の点《つ》いたランタンを吊りながら、そう言った。

目の前の廃坑の入り口は奥から冷たい冷気が押し出され、太陽の光が届かない暗闇の先は地獄にでも繋《つな》がっていそうなほど禍々《まがまが》しい。

奥からは廃坑の事故か、魔物か野獣に襲われて命を落としたという、怨霊《おんりょう》のうめき声が聞こえてくるからなおさらだ。

その情報を麓《ふもと》の村で手に入れていなかったら、余計に五人は尻込みをしたかもしれない。

「はい。……ご主人さまも、気をつけてください」

「はは、大丈夫だよ」

アルフレドも腰のランタンの具合を確かめて、そう返事をする。

装備をしっかりと確かめて足を踏み入れると、入り口以上の冷気が五人を包み込んだ。いや、温度が実際に低いわけではない。

怨霊の霊気による悪寒《おかん》が、五人の精神を慄《おのの》かせたのだ。

怨霊とは、この廃坑内で死に、供養《くよう》されることなく時間が経ち、浄化されることのなかった者たちの魂だ。それは怨嗟《えんさ》の声を吐き続け、生あるものを妬《ねた》み続ける。

その声にさしたる害こそないものの、こういった閉鎖された場所では集中力を乱し、苛立《いらだ》たせる。そうして、怯《おび》えの感情が一定以上になった時、怨霊はその肉体を乗っ取りにかかるのだ。

魂を食《は》み、肉の器《うつわ》に住み着き、生者を装《よそお》って人に害をなす。

魔物がいた時代に、人々を大いに苦しめた存在だった。

「よし、行こう」

気持ちを落ち着けるために深呼吸を数回して、アルフレドが言う。サティアもその小さな体《たい》躯《く》に似合わない大きな杖《つえ》を両手に持って慎重にその背中を追って歩き出した。

人が入らなくなって数十年という廃坑に備えつけられているランタンの油は切れ、放置されたツルハシなどが無造作《むぞうさ》に転がっている。

人がいた形跡のない廃坑を進んでいると、もしかしたら奥には誰もいないのではと思い始める。一日ですべての通路を見て回ることは不可能だろうというのは、事前に話していた。

探索期間は三日を予定しており、そのことは村長にも伝えている。

不測の事態が起き、四日後に自分たちが村へ戻らなかったら王都の騎士団へ救援を頼むようにも伝えていた。

冒険者パーティ二組、フレデリカたちはともかく、自分たちは警戒して進んでいる。これで不覚を取るような相手ならば、冒険者の身に余ると判断してのことだ。

*

廃坑の最奥には広場があり、ここで多くの魔法銀《ミスリル》が採掘されたのだろう、壁にはツルハシなどの道具がいくつも転がっていた。

だが、淀《よど》んだ空気——怨霊の霊気や埃《ほこり》で濁《にご》った雰囲気《ふんいき》は感じられない。

天井部分が風雨によるものか、崩落によるものか、崩れて大きな穴が開いていたからだ。

そこから新鮮な風と太陽の明かりが入り込み、一種幻想的な雰囲気すら感じられる。

ただ、いまが明るい時間帯だろうと関係なかった。

そこをねぐらにしているのはブラックウーズ……突然変異の魔物である。

いまも薄汚く濁った粘液の身体を持つ魔物は女を犯し、獣を捕食して活動している。

ただ、その日は違った。

廃坑の入り口に人の気配を感じ、数日ぶりに、フレデリカを犯す触手の動きが止まる。新しい獲物だ。そう考えたかはわからないが、疲れ果てたフレデリカを柔らかな粘液の塊《かたまり》……ベッドのようなものの上に横たえると、ブラックウーズは入り口へと向かった。

せっかくの逃走の機会だというのに、逃げ出す素振りはどこにもない。

……一週間以上、この空間に閉じ込められ、延々と犯され続けたのだ。

食事は廃坑近くの野犬や野草、麓の村の家畜をブラックウーズが体内でドロドロに溶かした栄養剤のようなものを胃の中へ直接注ぎ込まれるというもので、まるで家畜のような扱いにフレデリカは涙を流したが、それだけだ。

魔物であるブラックウーズが人間らしい扱いをするはずもない。

そうして死なないように、けれど気絶している間も犯されるという淫獄《いんごく》はフレデリカから時間の感覚と希望を奪い、抵抗の意思が奪われる。

抵抗しなかったわけではない。

眠るように気絶し、目が覚めると魔力が回復しているのだ。

杖なしでも発動できる下級魔法で最初は抵抗していた。だがそれを学習したスライムは……ありえないことに、フレデリカから魔力を奪ったのだ。

涙、涎、汗に鼻水――愛液や腸液。あらゆる体液から、ブラックウーズは魔力を奪えることを知った。

フレデリカが犯されながら魔法を使うことで体液に魔力が混じり、運悪くそれを奪われるという不運だった。

特に、絶頂の際には精神の抵抗が弱まり、体液に混ざる魔力の量も増える。

それに気付くと、ブラックウーズはいままで以上にフレデリカを気持ちよくさせた。無数の触手、取り込んだ男達の知恵と経験に従って。

凌辱《りょうじょく》に次ぐ凌辱で体力も限界、魔力も空《から》っぽ……そんなフレデリカは、逃げる気力を失い、泥のように眠るしかなかった。

*

丸一日が経過した。

アルフレドたちは運が良いのか悪いのか、ブラックウーズがねぐらにしている廃坑の最奥へ通じる道とは別の場所を探索しており、その日は行方《ゆくえ》不明者の手がかりを見付けることはできなかった。

そうなるとなんの変哲もない、暗くてジメジメした廃坑を歩いただけであり、体力よりも精神的な疲労の方が大きい。

「明日もこの調子なのかね……」

アルフレドたちが廃坑から出ると、緊張に強張《こわば》った肩を解《ほぐ》すために腕を回しながら中年の冒険者がそうぼやいた。

「廃坑、結構大きいですからね。気長にいきましょう、焦って怪我《けが》でもしたら大変ですし」

その言葉をアルフレドが窘《たしな》めると、年上の冒険者は「それもそうだな」とあっさり受け入れた。

一日目になんの成果もなかったことは冒険者たちの心に暗い影を落としたが、雰囲気は明るかった。というよりも、明日も廃坑に潜らなければならないのだから、外に出てまで気持ちを暗くしていては精神的に辛《つら》いと理解しているからこそだろう。

「んじゃ、今日は早めに飯を食って、さっさと寝るか。見張りは誰からする?」

世間話のような軽い雰囲気で今後のことを話す――そんな冒険者たちの視界の死角になっている場所に、僅《わず》かに蠢《うごめ》くモノがあった。

廃坑の入り口。その暗がりに身を潜める影のように暗い粘液の塊。ブラックウーズだ。

ブラックウーズは廃坑から出た冒険者たちを、身動《みじろ》ぎ一つせずに観察していた。夜になっても、見張り以外の冒険者が眠りについても。ただ、じっと観察し続ける。

三人の冒険者に、ふたりの魔導士。フレデリカの魔力を吸収したからか、ブラックウーズには冒険者たちの魔力の有無が感じられた。

それに、リグとカールという冒険者ふたりを取り込んだことで知能と感覚はさらに高まり、身を隠したまま罠《わな》を張る。

スライムは元から色が黒いこともあり、完全に廃坑の闇に溶け込んでいた。

更に牛ほどもある巨体を岩陰に隠れる程度にまで小さくし、そこから廃坑の粉塵《ふんじん》を表面に纏《まと》えば、完全に岩壁と同一に見えてしまうほど。

そこで、スライムは冒険者たちが活動を再開し、廃坑へ侵入するのを待った。

朝霧で太陽が曇り、空がまだ薄暗い時間帯。

食事を終え、ランタンの油を足し、五人の冒険者が廃坑の探索を再開する。

普通の魔物ならば本能に従って隣を通った瞬間に奇襲していただろう。だが、このスライムは考え、まずは最大の敵を安全に無力化しようとする。つまり、魔導士を。

それは、いままでの魔物にはない思考だった。

「サティア、気をつけるんだぞ？」

「……はい」

ふたりの魔導士が話すのを真横で聞きながらも、ブラックウーズは微動だにしない。

そのままその一団が通り過ぎ、足音が遠ざかるころになってようやく擬態《ぎたい》を解いた。ぶよぶよとした身体《からだ》を震わせるように岩壁を登り、天井を伝って器用に冒険者を追いかける。

ランタンの明かりを頼りに進む人間の歩みは遅く、ゆっくりとした動作でもすぐに追いつけた。……だが、やはりすぐには行動せず、しばらく追うことで冒険者を観察することにする。

自分たちの後ろの天井をスライムが這《は》っているなど思いもしない冒険者は、前方を注意しながら慎重に廃坑を探索していく。

廃坑の暗闇と、息が詰まりそうな埃、そしていまなお響く怨霊《おんりょう》の呻《うめ》き声。

それらが冒険者の体力と集中力を奪っていき、しばらくすると進むスピードが落ち始める。

「こりゃ、少しばかり骨だな」

「というか、んな所に誰もいねぇだろ」

「だな」

通路の一つを探索し終えると、そう愚痴《ぐち》をこぼして冒険者たちは入り口に戻る。

こういう疲れる探索に慣れているのだろう、冒険者たちは無理をするような探索を行わなかった。ある程度の場所を探索すると廃坑から出て休憩し、しばらくしてから探索を再開する。

スライムはその冒険者たちを追いかけながら、機を待ち続けた。時間や体力の概念《がいねん》を持たないスライムには、どれだけの時間を追いかけようが別段苦でもなんでもないのだ。

二日目も変わらず、冒険者たちは暗闇と埃、怨霊の声と戦いながら廃坑を探索していく。

そうして三日目の朝、冒険者たちは廃坑の地図を広げながら朝食を摂《と》っていた。

「今日は二手に分かれて探すか？」

その日までの探索で、冒険者たちはこの廃坑は無害だと判断していた。

埃と怨霊が多いが、それだけだ。野盗も獣もいないなら、二手に分かれても問題ないだろうと熟練の冒険者は判断してしまったのである。

「そうですね」

アルフレドもそれに同意見だった。

組み分けは、アルフレドと男がひとり、サティアと男がふたりとなった。

貴重な魔導士だ。不測の事態はないと思うが、もしなにかあった場合は魔導士のふたりが最大の戦力となる。そのふたりを同時に失うことだけは避ける形だ。

その様子を遠くから確認していたスライムは、その冒険者たちを追って、気づかれないように廃坑へと帰っていく。

最初に追うのは、女のほうだ。こればかりはどうしようもない、本能だった。

ランタンの光を頼りに、サティアたちは廃坑を進む。言葉なく進む三人のスピードは、一日目とほとんど変わらない。そんな三人を天井に貼りつきながら追うスライム。

もうしばらく進むと、人間たちは体力が落ちて、集中力が欠けてくる。

そのことをスライムは、この二日の追跡で理解していた。

そんな追跡者が天井にいるとも思わない冒険者たちは、警戒心も少なく廃坑の奥へと進んでいく。

「……ふぅ」

「大丈夫かい、サティアちゃん？」

「——はい、まだ大丈夫です」

「きつくなったら戻るから、教えてくれ」

「……はい」

そう返事をするが、しばらくするとサティアの肩がわずかに上下しだす。

埃のために口を押さえての行軍だ、そのぶん体力の消耗《しょうもう》も早い。坑道内ではあるが、いったん休憩を摂《と》るべきだろうと男たちは判断した。

適当な所にランタンを置き、腰を下ろす。それだけでもずいぶんと身体が楽になる。

その時、この場で最年長の男の首筋に、水滴が落ちた。

なんだ、と思った時にはもう遅かった。

——男が崩れ落ちるように倒れると同時に、サティアともうひとりの男も膝から崩れ落ちた。

「ん、な……!?」

声が出ない。突然身体が動かなくなり、サティアたちは混乱する。

かろうじて呼吸はできているが、それも苦しいものがある。なにが起きたか考えようとした時には、ランタンに一番近い男の視界は黒い粘液に被い尽くされていた。

地面に倒れ込んだもうひとりの仲間も動けず、サティアは痺れる身体に鞭打《むちう》って、杖《つえ》を頼りに身体を起こす。

そうやってなんとか顔を上げようとするサティアの姿が、男の見た最後の世界だった。

震えながら立ち上がったサティアが杖を構えると同時に、触手が杖に絡みつく。

だが、その杖を絡め取るよりも早く、廃坑の闇を照らすほどの炎がサティアの正面に生み出された。

「スライム!?」

炎に照らされて現れた魔物の姿に、サティアは普段からでは考えられないような驚いた声で、魔物の名を呼んだ。

だが、それも一瞬だ。

驚いた表情は、また人形然とした怜悧《れいり》な表情に隠され、生み出された炎が杖に巻きついた触手を焼き切る。

「……火球よっ」

炎弾を放つと同時に少女が膝をつく。

スライムの麻痺毒《まひどく》だ。サティアが小柄だったゆえに濃度を薄めたことで、反撃を許してしまう。

しかし、スライムは焦ることなく放たれた炎弾へフレデリカから奪った魔力を叩きつけることで打ち消した。

「えっ⁉」

魔法とはとてもいえない、ただ魔力を放っただけだが、サティアはまた驚きの声を上げる。

魔力を使うスライムなど聞いたことがないからだ。

この場で戦えるのは、サティアだけだ。暗闇だったので咄嗟《とっさ》に炎の魔法を使ったが、廃坑内で爆発でもしたら、最悪、廃坑が崩れてしまうだろう。

スライムの弱点である炎は使えない。

だが、サティアが使える魔法は火だけ。野盗を怯《ひる》ませるだけなら弱い魔法で問題ないが、スライムを焼き尽くすとなると廃坑という閉鎖《へいさ》空間は逆に不利でしかないと理解していた。

杖を器用に使い、反応の鈍い下半身を引きずるようにして逃げる。

(身体が動かない――なんで⁉　もしかして、毒⁉)

幸い、スライム……ブラックウーズの動きは麻痺に鈍ったサティアよりも遅い。

それは二つの獲物を消化しているためだが、サティアは意図してその事実を思考から外した。

だが、そんな努力をあざ笑うかのように、ブラックウーズ本体から伸びた触手が、サティアの右足首を捕まえる。

慌てて後ろを向くと、床に転がったランタンの光に照らされて、ふたりの男が完全にブラックウーズに取り込まれていくところが見えた。

「ひ……っ」

スライムに取り込まれる。

しかも生きたままという恐怖に、引きつった悲鳴が漏《も》れてしまう。

なんとか逃れようとするが、足は麻痺してしまって力が入らない。地面に擦れる感覚はあるが、意思に従わず、沈黙したままだ。

「火よ！」

自分が使えるもっとも弱い火の魔法を使って、足を捕まえる触手を焼き切る。

生み出された火の矢が地面とぶつかって小さな爆発を起こすが、崩落を起こすほどではない。

取り込まれたふたりには悪いが、これでは助けるどころではない。

そのまま離れようとして、空気が撓《しな》る音が耳に届く。

瞬間、サティアの手から杖が弾き飛ばされてしまった。触手を鞭のように撓らせての攻撃だ。

「――ぁ!?」

杖を失くしたと気づくよりも早く、今度は別の触手がサティアの細い手足を捕まえる。

小さな身体を大の字に広げられ、サティアは磔《はりつけ》にされたような格好を強要されながら空中に持ち上げられた。身体を懸命に暴れさせるが、麻痺した身体の反応は鈍い。

このまま自分も取り込まれるのか、と、恐怖に心臓が早鐘を打つ。

冷や汗が流れ、次第に両手足の感覚が鈍くなっていくことを自覚する。暴れたことで麻痺毒の巡りが速くなってしまっていた。

（魔法に毒――そんなスライム……!?）

スライムの種類は豊富だが、その実、特性としては個体の大きさと色の違いくらいしかない。毒を持つスライムは、どの図鑑にも載っていなかった。それが突然変異の恩恵だなどとサティアには気づくはずもない。

獲物の反応が鈍くなったことを知ったスライムは、次の行動に移ることにした。杖がなくても魔法を撃てることは、知識として知っている。

だがブラックウーズは、この女の魔法程度なら無効化できる量の魔力を有していることを先ほどの攻撃で理解した。

警戒することなく、サティアの小さな身体を本体の目の前へ運んでくる。

厚手の黒ローブにすっぽりと覆《おお》われた、小柄な肢体《したい》。その豊かな灰色髪は恐怖に浮いた汗で頬《ほお》に張り付いて被虐《ひぎゃく》感を増し、いつも眠たげな双眸《そうぼう》は仇敵《きゅうてき》を睨《にら》むように力強くブラックウーズを睨んでいるが、その瞳の奥には隠しきれない恐怖が浮かんでしまっていた。

新たに作られたスライムの触手が二本、サティアの小柄な身体に絡みつき、持ち上げた。

「ひっ――」

続いて漏れたのは、引き攣《つ》った悲鳴。二本の触手の先端がさらに枝分かれし、ローブの袖《そで》や胸元、そしてスカートの裾《すそ》から服の下へ侵入してきたのだ。

直接肌に触れた粘液触手の感触は気持ち悪いの一言で、それだけでサティアは目に涙を浮かべてしまう。

「だ、めぇ――やめて、え」

そのまま触手は、野暮《やぼ》ったい黒ローブを邪魔に思い、大胆《だいたん》に捲《めく》り上げた。

口では拒絶するが、身体は麻痺毒で痺《しび》れて動かせない。

細く白い、汗とスライムの粘液で照り光る足とランタンの光を弾く白いショーツが露《あらわ》になった。次に、柔らかそうなお腹と可愛《かわい》らしいおへそが顔を覗《のぞ》かせる。

「や、だっ。やめ――いやぁっ！」

ふくらみが殆《ほとん》どない乳房まで露になると、桜色の先端には細い触手がとぐろを巻くように絡みついていて、サティアへその動きを見せつけるように乳首全体を刺激した。

乳輪にそのほとんどが埋まっていた乳首が次第に勃起《ぼっき》していく変化がランタンの明かりで強調され、そんな身体の変化が恥ずかしくてサティアは自分の胸から視線を外す。

「ううう……なんで、こんなこと……ひぃん⁉」

なにより異常なのは、その刺激が異様なまでに心地好いことだった。自分がいままで行ってきた自慰《じい》とまったく違う。

二本の腕、十本の指。それだけが、サティアがいままで知る性を与えてくれた存在だ。

だというのに、いつの間にかスライム本体から伸びていた十を超える大小様々な太さの触手がサティアの全身を刺激してくる。

しだいに口は半開きになったままになり、漏れる吐息はより熱を持ち、唇の端からは涎《よだれ》が垂れる——限界はもうすぐそこだった。

「サティア!!」

その瞬間、最悪ともいえる瞬間、聞きたくて、ずっと待っていて、でもいまこの時だけは聞きたくない声が耳に届いた。

「やだ、やだやだ、やだぁ——ご主人さま、見ないでぇ!!」

サティアは絶叫するかのように声を上げ、背中越しに最愛のご主人さまへ哀願する。それが最後のひと押しになって、絶頂を迎えてしまった。

「んぅぅぅぅぅ————っっ!?」

腰は大きく震え、灰色髪を振り乱し、絶頂の喘《あえ》ぎ声だけはなんとか唇を噛《か》んで我慢した。

「スライムだと!?」

アルフレドと一緒に探索していた男が声を上げると同時に、スライムの触手が乱入者へと伸びる。サティアを拘束《こうそく》するよりもひと回り以上大きな触手だ。

それが四本、サティアを避けて男たちに向かう。

「くっ!?」

それを剣で斬《き》り落とすアルフレドと男。

すさまじい勢いで剣を振り――斬った触手の飛沫《しぶき》をわずかに浴びてしまう。

触手の粘液に麻痺毒があることに気づいていたサティアだが、絶頂直後ということもあり、声をかけることができなかった。

高濃度の麻痺毒に触れ、アルフレドと男が倒れ伏す。その直後、新たに生み出された触手が倒れた男の身体に巻きつき、そのまま引き寄せてスライムの体内へ取り込んだ。

「はぁ、はぁ……ごしゅじんさま、逃げて……」

「サティア――待っていろ」

身体が動かないならと即座に魔力を練《ね》り上げ、眼前に熱く猛《たけ》る炎の矢を生み出す。

狙いをしっかりと定め、サティアを避けるように放たれた魔法の矢は、数本の触手を焼き切り、だが不可視の魔力弾で打ち消された。

「なっ!?」

「にげて、ごしゅじんさ――まぁ!?」

アルフレドが驚きに目を見開き、サティアが声をかけた瞬間、触手の愛撫《あいぶ》が再開する。

主人に小さな背中を晒《さら》しているので前の部分は見えないが、その触手の動きからアルフレドには想像ができてしまう。彼とて性知識はあるし、経験がないわけではない。

「やめろ！　貴様ァっ!!」

「やだ、やだぁ！　――お願いやめてっ、お願いだからぁ！」

いままで声を押し殺していた女魔導士が、必死の思いでスライムへ哀願する。

もうどうなってもいい。殺されても、凌辱《りょうじょく》されても、喰われてもいい。だがそれでも……ご主人さまの前で嬲《なぶ》られるのだけは赦《ゆる》してほしいと、切にスライムへ訴える。

「おねが、おねがいっ！　いまはやめ、あっ……！　ご、ごしゅじんさま、にげぇ!?」

刺激で大きく育った乳首を吸われ、お尻を揉《も》んでいた触手がその奥の窄《すぼ》まりを刺激する。

サティアの哀願の声が廃坑へ響くが、スライムの行為は止まらない。

「やめ――サティア！」

そしてなにより、サティアにとってはアルフレドの声こそがもっとも傷つくものであった。

慕《した》っていた。想っていた。叶わぬとわかっていても、せめて傍にいたかった。

そこまで愛《いと》おしく想っていた相手の前で犯され、しかも相手は人間ですらない。人間の天敵……倒すべき、滅ぼすべき魔物なのだ。

「うあ、ぅあっ――や、ら……やぁ……」

「くそっ、くそっ！　おい、サティア、待っていろ――すぐに……」

痺れる身体を気合いだけで立ち上がらせようとするアルフレドだが、剣を杖《つえ》にしても立ち上がれない。膝が折れ、顔から地面に倒れ伏した。

その間にブラックウーズは新たな触手を、準備の整った場所へと向かわせることにする。

人間の小指ほどの太さの触手が向かう先は――愛液を吸い、シミを作った白いショーツ。

「う、うう……もうゃぁ……もぅ、やめてぇ」

サティアの瞳から大粒の涙がこぼれ、口からは嗚咽《おえつ》があふれ出す。

スライムに愛撫されただけでも限界だったのに、絶頂の姿を愛する人に見られ、次は純潔を奪われる。

それは耐えがたい恥辱《ちじょく》であり、サティアは普通の少女のように泣き出してしまう。

「いゃぁ……もうぃゃ、やだ……ぁ」

新しい触手がショーツの中に侵入し、薄い陰毛をかき分け、目指す場所を探し出し――。

「サティア！　サティア!!」

「みな――みないれぇ……みないれぇ!!」

その絶叫を聞き届けたわけではないが……スライムは触手を巧みに操り、空中で張り付けにしているサティアを運ぶとその淫《みだ》らな穴を、人間の男の前に晒した。

「え……？」

サティアにも、もちろんアルフレドにも、その意図を理解できなかった。

アルフレドの視界の先にサティアの……無毛に近い、硬く閉じた処女の花弁がある。

「やら……ごしゅじんさま、みないでくださぃ……」

「くぅ――っ」

人形のようだったサティアの顔は絶望と年相応の羞恥に赤くなり、アルフレドはあわてて視線を逸《そ》らす。

だが、今度はそんなアルフレドの四肢《しし》に触手が絡みついた。

「や、めろ――ッ」

触手が動き、アルフレドを仰向《あおむ》けにする。

自身の反応を知られるのを恐れ暴れようとするが、麻痺毒《まひどく》のせいか身体はまったく動かない。

「あ、ぅ……」

「さ、サティア――これは……」

だが、その股間部《こかん》は厚手のズボン越しにもわかるほどに膨らんでいた。死の危機に瀕《ひん》したこととサティアの痴態《ちたい》を見ての生理現象だった。

知識としてしか知らないサティアだが、その状態がどういう状況でそうなるのか知っているだけに、快楽以外のことで心臓が高鳴ってしまう。

「ごしゅじ……さま」

「くっ」

淫欲に曇っていた瞳が、違う感情で潤む。

それと同時に、スライムは器用にズボンを脱がし――アルフレドの陰茎《いんけい》を晒した。そこにはなんの感慨《かんがい》もなく、まさに作業といった感じだったが、サティアにはどうでもよかった。

「おおき……それに、くるしそう」

コク、と生唾《なまつば》を飲み込む。出来上がった身体と思考が、最愛の男を求めているのだ。

魔物の触手で散らされると思っていた純潔が、もしかしたら——。

サティアの頭を過《よ》ぎった乙女《おとめ》の思考のままに、少女の身体が男の上へ運ばれる。

いまだ何者にも汚されていない穴へ、最愛の青年の……待ち望んだモノが当てられた。

「あの……苦しい……のでしょうか、アルフレドさま」

「サティア、すまない……」

その謝罪は、守れなかったことか、それともこれからのことにだろうか。サティアは、どうでもよかった。その優しい言葉に首を振り。

「ご主人さまになら……」

硬く反った亀頭が入り口に嵌《は》まる。

初めてであるサティアの聖域は狭く、青年のモノを呑《の》み込めるほど開発されていない。

それを無視し、重力に引かれる形で彼女の膣《ちつ》は無理やりに青年の陰茎を根元まで呑み込んだ。

狭すぎる膣道を通る熱く硬い感覚をサティアは感じ、確かな抵抗を破った感覚をアルフレドは感じた。

麻痺毒による弛緩《しかん》と……旅の間、数日間溜まっていたせいもあった。濡れに濡れ、最高の締めつけを与えてくれるソコに耐えられるはずもなかった。

耐えようという意志すら固まらぬうちに、数度の抜き差しの後、サティアの最奥へ数日分の精液を打ち出してしまう。サティアもまた、何度も絶頂しほぐれていたにもかかわらず、あまりの痛みに青年の顔へ涙を落とす。

だがそれは、痛みの涙だけではない。このような形ではあるが、叶わぬと決めつけていた喜びをこの身に刻むことができた。

破瓜《はか》の痛みと、最奥に吐き出される熱い精液が、心を満たしていく。

「あ、あぁ……たくさん、お出しに……」

幸せが胸を満たす。これが最後だとわかっているからこそ、この奇跡に——次の瞬間、少女の身体は触手によって持ち上げられ、青年から遠ざかる。

「……え」

そして、青年を咥《くわ》えたばかりのソコへ、青年のモノよりもいくらか細い触手が群がった。

幸せに満ちていた心が、凍りつく。

「やだ……」

あわてて、全力で暴れる。

ご主人さまの、愛しい人の、アルフレドさまの子種が詰まった場所に——今度は、憎い魔物の触手が突き込まれた。

「やだぁ!!　やだ、やだ!!　おねがいやめてぇ！　そこは、アルフレドさまのぉ!!」

だが、突き込まれた触手は栓《せん》をするように最奥まで穿《うが》ち、それ以降は動かない。

――しかし、動かないだけで、できることがあった。

「吸ってる!?　やだ、なに!?　なにを!?　吸わないで、吸わないでぇ!!」

サティアの愛液と――そして、

「それ、アルフレドさまの!?　それぇ、私とアルフレドさまのぉ!!」

男の精液を吸い取っていく。黒い粘液触手の中を、確かに別の液体が通っていく。

ブラックウーズは、取り込んだモノを自身の能力へと変える突然変異だ。それを、このスライムは理解していた。

サティアの意志など関係ない。サティアと男の関係などどうでもいい。

だから、『精液』という欲しかったものを得たスライムは、高濃度の麻痺毒が回り、動けなくなった男へ触手を伸ばす。

この男から、今度は魔法の知識を貰うために。サティアの目の前で、アルフレドの頭部が粘液に覆《おお》われる。それが誰であれ、何者であれ、生きるために呼吸する必要がある。

それを、サティアは――触手に持ち上げられながら、触手に膣を穿たれながら、全身を愛撫させられながら……見せつけられた。

「やだ、やめて、やめてぇ――やだぁぁあああああ!!」

廃坑に、人形のようだった女の絶叫が響く。

だが、そんなことは……ブラックウーズにはどうでもいいことだ。

＊

数日後、以前は怨霊《おんりょう》が放つ怨嗟《えんさ》の声ばかりが響いていた魔法銀《ミスリル》廃坑の最奥から、ふたりの女の嬌声《きょうせい》が響いていた。

天井が崩れ、太陽の光がヴェールのように穢《けが》れた空間を彩る広場の中央には、ふたりの女が拘束《こうそく》されている。

豊満な肢体《したい》と陽光を弾いて黄金のように輝く髪を持つ美女、フレデリカ。

そして、まるで人形のように起伏《きふく》の少ない灰色髪の少女、サティア。

ふたりは最奥の広場全体を彩る暗く淀《よど》んだブラックウーズの粘液の上で腰を振り、髪を振り乱し、嬌声を上げながら絶頂し、そして何度も身体《からだ》を震わせる。

そこにはもう羞恥などなく、魔物に犯されるという絶望から精神を守るため、むしろその快感に浸っているようにすら見えた……。

「すご、すごぃぃ!?　――そんな奥、私知らないぃ!?」

「は、ん――ひ……ぃ……なに、これぇ、へん、へんぅ」

ふたりの魔導士が発する淫らな声が、怨霊の呻《うめ》き声を越える音量で洞窟《どうくつ》に響いていく。

アルフレドという男性から『精液』を手に入れたブラックウーズはその本能を完全に満たし、

ふたりの女の膣内に入り込んだ触手を更に奥にある子宮内にまで侵入させ、犯していた。

子宮に収まりきらなかった精液が膣から零《こぼ》れ、太ももを伝って地面へ落ちていく。いったい何度、射精したのか……人間が放出できる精液の量を遥《はる》かに超えている。

だがそれでもブラックウーズは満足していないのか、それともそれすらも本能なのか。

ふたりの魔導士が妊娠《にんしん》するまで、この魔物は射精し続ける気なのかもしれない。

そう思えるほど、この数日、ブラックウーズはフレデリカとサティアを犯し続けていた。

二つの母体が壊れないように。休ませ、栄養を与え、しかし眠っている間も犯す。

「ぅうん、ぁ——もっと、もっとぉ……」

特にフレデリカは、いままでも性には奔放《ほんぽう》な性格だったからか、ブラックウーズが与える快感には弱かった。

子宮内を犯されるといういままで感じたこともない性感にさえ、いまでは快感を覚えている。

腰を振り、愛液を垂らし、スライムへ餌《えさ》を上げながら、自分は快感を与えてもらう。

むしろ、その生き方、生活ともいうべき現状しか考えられない——そんな雰囲気《ふんいき》すらある。

「アルフレド様、もっと、もっと気持ち良くなってくださぃ」

もうひとりの魔導士、サティアは酷《ひど》い有様だ。

人形然としていた美貌《びぼう》を淫蕩《いんとう》に曇らせ、絡みつく触手の成すがまま。触手は小柄なサティアを壊してしまわないようにフレデリカ以上に大切に扱い、優しく、優しく、犯されている側がもどかしいと思ってしまうほどの優しさで全身を愛撫《あいぶ》している。

なにより――目の前で最愛の主人であるアルフレドを殺され、溶かされ、その最愛の人の精液を奪われた現実が、サティアの精神を破壊していた。

取り込んだブラックウーズを主人だと誤認し、いまも自分がご主人様に犯されているのだと錯覚《さっかく》している有様。

その瞳には薄汚い粘液のバケモノではなく眉目秀麗《びもくしゅうれい》な主人の姿が映り、快感ではなく歓喜の笑みが唇に浮いている。

「だ、だぇ――もぉ……だめぇ」

「ごしゅじんさま、ごしゅじんさまぁ……」

女たちの身体がまた強く震える。絶頂に至ったというのに、触手の責めは終わらない。

それはいままでと変わらず、そしてこれからも変わることはないだろう。

魔物にとって、ふたりは結局……母体でしかないのだから。

魔王が倒されたいま、魔物が増えることはない。

だから、魔物は滅びの一途《いっと》を辿《たど》っている。

だが――子を成す能力を得たスライムは、どうなるのだろうか？

世界の果て、洞窟の奥の奥。

いまはまだ、この場所で魔物が生まれていることに――世界は気づいていない。

# 幕間 ― 勇者の妻、魔導の女王

三人の王のひとり、魔導女王『レティシア』。

レティシアが統《す》べる北の国『フォンティーユ』。

勇者と共に旅をし、魔王を倒した魔導士レティシア。

味方からすらも驚嘆《きょうたん》と、恐れられるほどの魔力をもって魔王討伐《とうばつ》を果たした天才にして天災。

その魔力はすさまじく、魔王や勇者には及ばないものの、魔法を得意とするエルフと比べても別格。

本人も、そして周囲の者もそう思っている。

魔王の恐怖が人の記憶から薄れてしまうほどの時間が経過したが、その美しさはさらに磨《みが》かれていた。

当時も、確かに美少女と呼んで差し支えなかった。

長く美しい絹のようにやわらかな銀髪。大きな赤色の瞳に、整った眉《まゆ》。目つきは鋭いが、それもまた魅力のひとつだ。

そして、エルフの血が混ざっているのか、その耳はわずかに尖っている。

エルフほど顕著《けんちょ》ではないが、人間の耳のように丸くもない。

レティシアが嫌っていた部分であり、勇者が愛してくれた部分。

人間であり、エルフ。エルフであり、人間。

それがハーフエルフのレティシア。

レティシア・フォンティーユ。魔導女王にして魔王殺しの魔法使い。

勇者とのあいだに成した子はふたり。

だというのにその肢体はいささかも崩れず、むしろ『母親』としての艶《あで》やかさがあった。

レティシアはエルフにしては珍しく、白色の服が好きだった。

エルフは森の民といわれ、若草色の服装を好むのではあるが、レティシアは白のドレスを身にまとう。

豪奢《ごうしゃ》に飾られたドレスだが、その生地は薄く、女王の肢体を隠すことなく現している。

肩を見せ、その豊かな胸元を覗《のぞ》かせ、しかし足首までも隠す純白のドレス。

だが、細い腕に、豊かな胸元、抱き締めれば折れてしまいそうな腰、やわらかく揺れる臀部《でんぶ》など、その輪郭線《りんかくせん》に貼りつくことによって魅力を際立《きわだ》たせている。

そこには隠れているからこそ、という魅力も感じられた。

その姿を見て淫《みだ》らな想像をする男も少なくない。

あの『勇者』でさえそうだった。

若き日に旅した勇者も、魔導士レティシアや旅の仲間に何度も欲情していた。

あの頃から、自身の美貌に気づいていた。最初は無意識にソレを武器にしていた。

いまでは、意図して使っている。

場内の廊下《ろうか》を歩くたびに、わずかに震える豊かな胸に男の視線が向く。服と下着に守られているというのに、見ているだけでその豊かさ、やわらかさが伝わる。

男の兵士にとっては目の毒だ。目の保養などとは、とんでもない。その美貌、肢体、ほかの貴族になめられまいとする冷たい雰囲気。

そのどれもが、美しい。ただただ美しい女王。

それが、レティシアだった。

「お母さま、おはようございます」

そう挨拶《あいさつ》をしてきたのは、空色のドレスをまとった上の娘『メルティア』。

母親譲《ゆず》りの銀髪に、愛らしい表情。その身長は、同年代の少女より頭ひとつ小さい。

だというのに、その胸。女性の象徴ともいうべき部分は豊かに実っている。

だがそれは、決して肥満《ひまん》だというわけではない。愛らしい顔から華奢《きゃしゃ》ともいえる肩、豊かに実った胸部、そしてコルセットで締めてもいささかも苦しくない細い腰。

それがメルティアだ。

「おはようございます、メル。今日もこれから学業ですか？」

「はい、お母さま。朝食をいただきましたら、学院へ」

「そうですか。励《はげ》んできなさい」

「はい」

母と娘は、それだけを話すとすれ違う。メルティアが軽く会釈《えしゃく》をして、道を譲った。

私語のようなものは殆《ほとん》どない。王族というのはかくも面倒なものだ。

……勇者と旅をしていた時は、ただただ楽しかった、とレティシアは回想する。

貴族や王族などという肩書きはなく、友人として話せていた。堅苦しい言葉など使わず、自然体で接することができた。それはとても楽しくて、眩《まぶ》しくて、美しい記憶。

いつか娘にもそんな時間が、と思ってしまう。

それが難しいことだとわかっているが……そう思いながら歩くと、ひとつの扉へたどり着く。

コンコン、と軽くノックをするが返事はない。

構わずドアを開けようとすると、鍵《かぎ》がかかっているのかドアノブは回らない。それもわかっていたのだろう、驚きもなく艶《つや》やかな唇がかすかに呪文を紡ぐ。

開錠《かいじょう》の魔法。

家族であってもプライバシーはあるのだが、それを気にせず鍵を開け部屋に入る。

部屋の中でひときわ目立つ天蓋《てんがい》つきのベッドに、王族らしい豪奢な家具。

レティシアの家族は質素な部屋が好きだが、王族というのは見栄も大事なのだ。たとえそれが、ほかの貴族たちに見られることのない私室であっても、だ。

その天蓋つきベッドの上、日は昇っているというのに布団は膨らんでいる。レティシアはひとつため息を吐いてそのふくらみに近寄っていく。

「マリア」

本当なら、このようなことは女王ではなく侍従《じじゅう》がすべきことだが、こればかりはレティシアは譲らなかった。子を起こすのは、母の務めだ。

ふくらみを軽く揺らしながら、何度かその名前を呼ぶ。それをしばらく繰り返すと、そのふくらみから黒髪が這《は》い出てくる。

レティシアやメルティアの銀髪とは真逆。夜の闇。深い深い黒――勇者と同じ、髪の色。

勇者の血を色濃く継いだ愛娘《まなむすめ》『マリアベル』。

烏《からす》の濡《ぬ》れ羽色《ばいろ》の髪に、同じく黒色の瞳。だが肌はレティシア譲りのきめ細かさで、見事なコントラストを演出している。

質素倹約《しっそけんやく》といえば聞こえはいいが、着飾ることをしない、王族としては困った娘は寝間着も質素だ。そんなところは父である勇者に良く似ていると思う。

彼もまた、必要な物以外は手にしようとしなかった。

貴族たちからはあまり良く見られていないが、レティシアは娘のそんなところが大好きだった。

この子を見ていると、いまはいない勇者を思い出せる。それはとても大切なことなのだ。

「起きなさい。学院へ遅れますよ？」

「……もう、そんな時間ですか？」

「まったく……お父さまに似て、朝は弱いですね」

「むぅ……」

そう小さく笑うと、マリアベルが小さく膨れる。父と比較されるのが嫌なのだろう。

かわいらしい容姿相応にそういう年頃なのだろうとレティシアは思う。

だが、これればかりはどうしようもない。そう思い、その柔らかな黒髪を梳《と》かすように撫《な》でる。

「ふふ、綺麗《きれい》な髪」

「でも、学院の皆は気持ち悪がってるわ」

「そうですか」

この世界で黒髪は珍しい。

というか、勇者の血族であるマリアベル以外に、この国には黒髪はいないだろう。

だから珍しがられ、怖がられ、奇異な目で見られる。

それがすごく悲しかった。勇者の髪色は、この世界では異端なのだ。

「ですが、いつかこの髪を愛してくれる方が現れますよ」

「……だと良いけど」

どこかあきらめたように呟《つぶや》くその声に、レティシアの胸が締めつけられる。

こんなにも愛しているのに、この子は世界を嫌いになろうとしている。

だが、こればかりはどうしようもない。この世界には髪や瞳の色を変える魔法はないのだ。

だからレティシアは、その濡れ羽色の髪を撫でる。自分は、この髪を、娘を愛しているのだとわかってもらうために。

マリアベルもまた母の愛に身を委《ゆだ》ねる。寝起きの髪を手櫛《てぐし》で梳《す》いてもらう。この時間だけは大好きだった。

そんな、平和な時間。

勇者によって魔王が倒され、これから先、永遠に続くと思われる平穏な朝。

幸せな一幕。

# 第三章 ― 騎士団派遣

ドスドスという音が聞こえそうな勢いで、ひとりの男が廊下を歩いていた。

本人としては急いでいるつもりなのだろうが、その歩みは遅い。みっちりと肉の詰まった腹に、脂《あぶら》ののった顎《あご》は首との境目を見つけるのが難しく、身長も成人男性としては低いもの。

貴族の連中が毎日良い食事をしているとは誰もが思うことだが、この男は食べすぎだ、と誰からも思われていた。

ドルイド・ディーン、王城に務める財務大臣であり、その腹に詰まっているのは肉ではなく真っ黒な闇だと言われている人物だ。

さまざま『悪い噂《うわさ》』に尽きない男だが証拠はなく、また彼は金持ちの貴族さまだ。表立って悪く言えるものは少ない。

そんなドルイドは王城の要職へ就《つ》き、仕事は部下に任せて優雅に一日を過ごしながら、美しい女を見ては欲情する。そんな男が目指す先には、その男とは真逆の存在がいた。

「フィアーナ殿！」

ドルイドが唾《つば》を飛ばしそうな勢いで、その女性へ声をかける。

フィアーナと呼ばれた女性は、そこで初めてその男の存在に気づいたかのように、ゆっくりと振り返った。本当は前から気づいていたが、ドルイドを良く思っていない彼女は、直前まで気づかないフリをしていたのだ。

初夏の森を連想させる翡翠《ひすい》色の髪に、黄金のように深い金眼。背の中ほどまで伸びた髪は左肩から胸のほうへ流されている。金色の瞳は静かな光を湛《たた》え、彼女生来の雰囲気《ふんいき》もあり優しさを感じさせた。

身長はあまり高くなく、ドルイドとあまり変わらない。

いや、ドルイドのほうがわずかに勝っており、気弱な男が気軽にこの女性へ声をかけることができるのは、ひとつでも勝っているものがあるからかもしれない。

そしてなによりも目を引くのは、その尖った耳。エルフ特有の耳を見て、ドルイドはにんまりと笑う。少し歩いただけなのに、彼の顔は汗で光っていた。

「本日もご機嫌麗《うるわ》しく、フィアーナ殿」

「いえ……そちらもご健勝《けんしょう》のようで、ドルイド卿《きょう》」

挨拶《あいさつ》をして互いに頭を軽く下げるが、ドルイドの視線はフィアーナではなく、フィアーナの身体《からだ》へと向く。

騎士のひとりであるフィアーナだが、今日の彼女は武骨な騎士甲冑《かっちゅう》ではなく聖職者が穿《は》く緑と白を基調とした法衣を纏《まと》っていた。丈の長いスカートの両端には切れ長のスリットが入っており、ガーターベルトに吊られた黒のストッキングと美脚が艶《なま》めかしい。

朝早い時間であり、これから神殿で女神ファサリナへ祈りを捧げようと思っていたためだ。敬虔《けいけん》な女神信者というわけではないが、日課となっているお祈りを生まれてこの方欠かしたことはない。

その低い身長とは対比して胸は白のブラウスを豊かに盛り上げ、その豊かさは下着に守られていても歩くだけで揺れてしまうほど。

女性が羨《うらや》むその胸は、しかしフィアーナの嫌う箇所《かしょ》のひとつであった。

エルフはあまり肉づきの良い種族ではないのだが、彼女は別だとでもいうかのように豊かに実ってしまった胸。剣を振るにも、運動をするにも邪魔になるのが悩みの種なのである。

戦いの時など忌々《いまいま》しく思うことすらあるほどだ。

エルフにしてはその肉感的な肢体《したい》と、穏やかな表情が男の目を嫌でも惹《ひ》いてしまう。彼女はそんなことを望んでいないのに、だ。

豊かすぎる胸とお尻、それでいて騎士として鍛えられた腰は細い。母性を感じさせる穏やかな表情と肉体だが、身長の低さが愛嬌《あいきょう》のようなものも感じさせる。

その身長には不釣り合いな胸を、舐《な》めるようにドルイドは眺める。

（……もう、やだなぁ）

できれば腕で胸を隠したいと思うが、相手は自分よりも偉いのでそれもできない。

挨拶を済ませると直立し、少しだけ困ったように表情を曇らせるだけにした。

「それで、このような朝からどうなさいました、ドルイド卿？」

「おお、そうでした。フィアーナ殿の美しさに、報告の内容を忘れるところでしたわ」

「ふふ、それは困りますわ」

内心では早く終わってほしいと思いながら、ドルイドのねちっこい世辞《せじ》を聞くフィアーナ。

そのそばを何人もの騎士や要職にある貴族たちが通り過ぎていくが、一礼し、フィアーナへ対して気の毒そうな視線を向ける程度である。

「その……お祈りの時間が近いので申し訳ありませんが――なにか私にご用件が？」

「おや、もうそのような時間ですか？　美しい女性との時間は早く過ぎてしまいますなあ」

「それは……ありがとうございます」

困ったように苦笑いを返すフィアーナをどうとらえたのか、ドルイドが満面の笑みになる。

「フィアーナ殿は、いまは任務を任されていないと聞きましたが、お時間はあられますかな？」

「は――はぁ、確かに、急ぎの任務は賜《たまわ》っておりませんが……」

「でしたら、しばらくは訓練場で身体を動かされるか、書類整理くらいの仕事なのですな？」

「そうですね……」

どうして財務大臣がそんなことを、と思う反面、なぜ自分の仕事を知っているのだろう、と少しだけ鳥肌が立つ。

表情に警戒の色を浮かべたフィアーナに気づかず、ドルイドの言葉は続く。

「それならば、ひとつ仕事を依頼してよろしいだろうか？」

「仕事、ですか？」

なんだ任務か、と少しだけ拍子抜けする。

「最近、北の村のほうで旅人が行方《ゆくえ》不明になる事件はご存じで？」

「ええ……確か、冒険者ギルドのほうからも何人か犠牲者《ぎせいしゃ》が出ているとか」

それは、ここひと月で聞くようになった話だ。

北にある村へ行った行商人や冒険者が行方不明になるという話は、フィアーナも聞いていた。

「じつは、ギルドの友人から頼まれましてな、冒険者の手には余るから、騎士団から何名か人手を貸してほしいと」

「……それを、私に？」

「巷《ちまた》を騒がせる事件を解決したとなれば、フィアーナ殿のためにもなるかと思いましてな」

ドルイドとしては、ここでフィアーナに恩を売っておきたい、という思惑があった。

どうにかしてこの美しいエルフの騎士を自分のモノにしたい。

そういう邪《よこしま》な感情のみの仕事の依頼だとフィアーナはわかっているが、だから断る、というのも躊躇《ためら》われた。

騎士とは困っている者を見捨てず、助けるものだ。自分にできることがあるなら、助けるべきだ、という思いがあった。

「……団長へ聞いてみないと、なんとも……」

「ふふん、その程度ならばこのドルイドに――」

「そういうわけにもいきません。団長には私から……」

「しかし――」

フィアーナとしては純粋に騎士団長へ任務を受けていいか尋ねようと思っただけだが、ドルイドはそれを断られる口実と思ったのか、少しあわてた。

だが、どう思ったのか、その言葉は途中で止まる。これ以上口を挟むと、余計に警戒されるとでも思ったのかもしれない。

「こほん……わかりました。色好《いろよ》い返事を期待しておりますよ」

「ご期待に応えることができるかはわかりませんが……」

困り顔でそう会話を終わらせると、軽く会釈《えしゃく》をしてフィアーナはその場をあとにする。

二日後、フィアーナは騎士団長からの許可を得て、正式にこの任務を受諾《じゅだく》した。


フォンティーユの王都を出発して四日目。

雇われた冒険者たちは馬を駆る騎士を羨ましげに見上げながら、王都の北に位置する名もない村へと続く街道を歩いていた。

天候は悪く、空はどんよりとした曇り雲に覆《おお》われている。なにかよくないことが起きそうだ。

合計十七名もの一団を率《ひき》いながら、先頭で馬に乗るフィアーナはため息をついた。うち、冒険者が十名と、中々の大所帯である。

行方不明者の探索に大仰《おおぎょう》過ぎると思うが、これらはすべてドルイドが用意した者たちだ。

自身の財力を示し、フィアーナへ安全な任務を行わせようという優しさ……なのだが、報酬《ほうしゅう》と同僚探索の機会を与えられる冒険者はともかく、巻き込まれた騎士達は堪《たま》ったものではない。

文句こそ出ないが、内心では貴族に振り回される現状にここまでの道のりはため息ばかりが出ている。

その雰囲気を察しながら、しかし任務は任務と割り切るフィアーナ。

そのフィアーナは騎士の装備をまとい、その見事な肢体は隠れてしまっている。白いローブのような服を着て、胸と右肩を守るように鉄の胸当て。

細い腰は革のベルトを締め、左腰には無骨な剣。

ローブのスリットからは黒のガーターベルトに吊られた同色のストッキングと陽光を弾く白い肌を覗《のぞ》かせ、その身体を隠すように大きめの青色のマント――標準サイズなのだが、フィアーナの背が人より少し低いので大きく見えてしまう。

「行方不明の原因とまではいかなくとも、手がかりでも見つかればよいのですが」

騎士姿のフィアーナは凜々《りり》しく前を向いたまま、そう呟《つぶや》いた。

ギルドからもらった情報では、冒険者が最後に捜索に向かったのは十日以上も前だった。

最初にフレデリカなる魔導士が率いる三人が行方不明になり、それを捜索するかたちでアルフレドという魔導士が率いる一団も行方不明になっている。二週間ほど前にはウィリアムという冒険者が姿を消していた。

それからは偶発的に近場の街道を通る行商人が姿を消しており、ついには国の騎士団にまでその問題が耳に届いてしまった……というわけだ。

情報はほとんどなく、北の村の奥にある廃坑に向かったとだけ残っている。それからあとは誰もが捜索を嫌がり、今回は騎士も加わるということでやっと人員の確保ができたのだとか。

(廃坑の奥――野盗、ではないでしょうね)

野盗にしては仕事が粗《あら》すぎるというのがフィアーナの感想だ。

行商だけならわかるが、冒険者にまで手を出すというのは野盗には荷が重い。

それに、最初の犠牲者は魔導士だ。もし不意を衝《つ》かれたとしても、野盗相手になにもできずに負けるほど魔導士は弱くない。

最悪でもなにか情報を残そうとするはずなのに、残ったのは彼女の杖《つえ》と仲間たちの装備だけ。

普通の野盗なら魔導士の杖や冒険者の装備を売って金に換えようとする。

そこから、フィアーナは犯人が野盗ではないと推理していた。

（――どこかから、魔物でも迷い込んだのかしら？）

その可能性が高いとフィアーナは思っていた。

フィアーナも魔王が生きていた時代には最前線で剣を振るっていた熟練の騎士だ。魔物の恐ろしさは身に沁《し》みてわかっている。

魔物は数も質も高く、人間や亜人では一匹を倒すのに何人もの手が必要だった。

もし魔物の数が多ければ十七人という大所帯でも危険ではあるが、そのような報告は受けていない。魔物が単独で動いているのか、なにか大型の獣か。

（まぁ、まだ廃坑にいるという確証もないのですけどね）

ただただ不気味な事件だ、というのがフィアーナ以下、騎士たちの見解だった。

騎士が乗る馬を追うように、冒険者たちは小さな馬車に詰めて乗っている。

不気味な雰囲気《ふんいき》を察したその顔は、誰もが暗く沈んでいた。こんなにも士気が低いなら、来なくていいのに、とフィアーナは嘆息《たんそく》した。

「フィアーナさま」

「ん？」

フィアーナが駆る馬にひとりの女騎士が馬を寄せてくる。この一団の中ではフィアーナ以外には唯一の女性騎士である彼女は馬上で敬礼した。

絹のように細く、美しい紫色の髪は腰近くまで伸ばされ、うなじのところで無造作《むぞうさ》に結ばれている。気の強さを表したようなツリ目は黒で、その艶やかな唇はどこか不満げに尖っているように見える。この仕事に不満があるわけではなく、この女性は常にこういう表情なのだとフィアーナは知っていた。

女性としては長身の部類に入る彼女は、フィアーナと並ぶと年の離れた姉のようにも見えてしまう。騎士甲冑《かっちゅう》をまとって直立不動で構えれば、表情の鋭さもあり男装の麗人《れいじん》として通用しそうだとフィアーナは思った。

だが、女性らしくないのかといえばそうではなく、甲冑を脱げば女性の象徴は確かに膨らんでおり、同年代の女性と比べても遜色《そんしょく》ないほどだ。

気難しい性格はフィアーナ以上の堅物《かたぶつ》という印象を与えるが、だからこそ信頼もできる。

フィアーナはこの女性を含む数人に斥候《せっこう》を頼んでいたのだが……。

「どうしました、アルフィラ？　なにか問題が起こった様子でもないようですが」

「それが、その……」

歯切れの悪いアルフィラの言葉に、フィアーナはなにか悪い事でも起きたのかと訝しんだ。

だが、その意図を察してアルフィラは姿勢を正す。

「いえ、行方《ゆくえ》不明になっていたフレデリカ・リーン殿。それと、アルフレドという冒険者と共に行動していたと情報にあったサティアという魔導士を保護しました」

その言葉にフィアーナだけでなく、馬車の荷台に乗っている冒険者たちも耳を疑った。行方

不明になって約一か月。その同僚が見つかった……すぐに、その表情を明るくする。

「……それは本当ですか？」

「本人たちはそう名乗っています。それで、顔を知っている者に確認させたいのですが」

「ええ、もちろんです。どなたか、フレデリカ殿の顔を知っている方はこの中に？」

「はい、俺──私が知っています」

そう言って手を挙げたのは七人。そこからひとり選んで先行させて顔を確認させると、アルフィラの報告通り、保護されたのはフレデリカとサティアのふたり。

ふたりは憔悴《しょうすい》しきっており、全身が汚れて酷《ひど》い有様だった。

この一か月でどれほどの非道が行われたのか……そう考えると、同じ女性としてフィアーナはふたりを伴って川の近くで休憩をとった。

「廃坑に魔物が……」

「野盗の仕業《しわざ》だと油断し、仲間は殺され──私たちは廃坑の奥に隠れて逃げ延びたのです」

枯れ木で起こした火を囲みながらフレデリカの報告を聞くと、フィアーナはなるほど、と情報を整理していた。

男性騎士や冒険者たちには周囲を哨戒《しょうかい》させている。ふたりの服もスライムの粘液でドロドロになっているので、乾くまでは厚手の布を頭からかぶっているだけの状態だからだ。

そんなふたりを男の目に晒《さら》さないよう、傍ではアルフィラが目を光らせていた。こういう時、彼女の鋭い視線は丁度《ちょうど》良い。少しでも良い思いをしようとしていた不埒者《ふらちもの》が身を竦《すく》ませる。

フレデリカはサティアの濡れた髪を乾いたタオルで拭きながら、訥々《とつとつ》と洞窟《どうくつ》内のことを語った。

敵はスライムが一匹。廃坑内ということで弱点の火魔法も使えなかったが、なんとか廃坑奥で生き延びていたという。

小鳥や野草を食べて空腹をしのいだと聞いた時は、野戦の経験があるフィアーナは同情が顔に出てしまったが、逆に現実味があるというものだ。

そうして逃げ出したところを、先行していたアルフィラの隊に保護されたらしい。

「大変でしたね」

「いいえ……それで、騎士さま方はこれから魔物を討伐《とうばつ》に行かれるのでしょう？」

「そう、ですね……」

フレデリカの言葉に、フィアーナは答えに詰まった。

この疲弊《ひへい》したふたりを伴っての魔物討伐というのは無理に思えたからだ。士気が低い冒険者たちに護衛させ、王都へ戻らせるべきかと思う。

「でしたら、是非《ぜひ》私達もお連れください。廃坑内の案内くらいならできます」

その思考を先読みしたかのように、フレデリカはそう申し出た。

「それは……よろしいのですか？　お疲れのはずです、王都に戻って休まれても」

「私達は廃坑の地理に明るいですし、仲間の仇《かたき》を討《う》ちたいのです」

「それは、サティアさんも？」

フィアーナの言葉に、サティアは頷《うなず》いた。出会ってからまだ一言も喋《しゃべ》っていないが、フレデリカは「元からこんな調子なんです」と説明していた。

フィアーナも、元奴隷《どれい》という報告を受けているので、人間不信なのだろうと思い込む。

「わかりました。ご助力、ありがとうございます」

フィアーナは深々と頭を下げた。美しい緑髪が重力に引かれて落ち、長いエルフの耳が覗《のぞ》く。

……フレデリカとサティアがその耳を見て僅《わず》かに口元を綻《ほころ》ばせたことに気付けなかった。


フォンティーユの城を出発して数日後の早朝。まだ太陽が昇り切っていない時間帯。

フィアーナ達の姿は廃坑の入り口前にあった。

麓《ふもと》の村で一泊することも考えたがこの大人数だ。それだけの家屋を確保する事ができず、ならばと廃坑前まで一気に進み、そこでテントを張って一泊していた。

フレデリカ達が言った通り、スライムは廃坑内をねぐらにしており、唯一の出入り口を塞《ふさ》ぐと警戒して姿を見せなかった。

そのことでフレデリカ達の情報は信頼され、これからも重用されることになる。

夜間の見張りからの報告を受けながら食事を済ませ、フィアーナは廃坑内を探索する人員の振り分けを騎士と冒険者たちに告げた。

フレデリカの意見を取り入れて、パーティは二組。

スライムは廃坑内を徘徊《はいかい》しているということで、枝分かれした細道を捜す組と、一気に最奥まで進んだ後に探索を開始する組に分かれる。

「薄暗いですね……足元に気を付けてください」

「ありがとうございます――サティア、騎士様たちの案内をよろしくね？」

フィアーナの心配にお礼を言いながら、フレデリカが無口な相棒に声を掛ける。

ご主人様が傍にいないときは、ずっとこうなのだ。

人間不信というよりも、ご主人様以外の存在を認識していないような……そんな『壊れた』サティアをフレデリカは心配したが、廃坑内からブラックウーズの気配を感じたのだろう。

ようやくその瞳に生気のようなものが戻った気がする。

「それでは、案内をよろしくお願いします。サティアさん」

「……わかりました」

そう言って、廃坑内を少し進んだ先にある分かれ道を、フィアーナとアルフィラを含むサティアたちは右に、

「奥はこちらですわ、騎士さま」

熟練の騎士を多く含むフレデリカ達は左に進む。

普通ならば探索に数日は必要になる広さ、深さの廃坑だ。……だが、今回はフレデリカとサティアという道案内がいる。

最奥までの道を知るというふたりの案内があれば、数日もかからずスライムを退治できるだろうと、騎士たちは簡単に考えていた。

なにせ、相手はスライム。

魔物を紹介する書物には『最弱』とも書かれるような、脆弱《ぜいじゃく》な魔物。

魔王が存在していないいまでこそ、珍しく、魔物というだけで警戒される存在。

だが、魔王が存在していた時代なら最弱であり、強力な魔物を狙った魔法の余波で吹き飛ぶような雑魚《ざこ》。大規模戦闘の経験者からすれば、スライムとは強力な魔物の取り巻き。おこぼれの死肉を貪《むさぼ》る死体漁《あさ》りという印象ですらある。

だから、敵がスライムであると聞いたことで魔物との戦闘経験がある騎士達は、心のどこかで楽観していた。


「暗いし、埃《ほこり》っぽいな……こりゃ、外に出たらひどい格好だろうな」

「まったくだ」

フレデリカの視線の先、熟練の騎士たちが軽口を叩きながら廃坑を奥へと進む。

剣こそまだ鞘《さや》の中だが本来背負われている面が広いカイトシールドは左腕にあり、スライムが相手だとしても警戒している様子がうかがえる。

明らかに冒険者たちとは違う立ち振る舞い。貴族連中が金を使って得たモノではない、実力と経験と魔法の才をもって得た騎士という称号を胸に抱く者。

その実力は冒険者をはるかに凌《しの》ぐ。フレデリカも冒険者の魔導士としては相当なレベルで、魔法の才なら騎士に匹敵するだろう。

だが総合的な面……剣技や戦術は遠く及ばない。遠距離から一撃で仕留めきれなければ、接近されて苦手な距離での戦いに敗北することは必至だ。

油断なく進む騎士を観察しながら、フレデリカは慣れた廃坑を歩く。フレデリカがいたのはこの廃坑の最奥、唯一、陽の光が当たる場所だ。

そこで、ほぼ一か月、毎日犯され続けた。

今回のように、水浴びのために廃坑から出たことはこれが初めてではない。サティアと一緒に麓の湖で身体《からだ》を清め、廃坑に戻る。いや、戻るではなく帰るといったほうが正しかった。

頭も、身体も、心も、精神も――いまではこの暗く澱《よど》んだ廃坑を、家のように、帰る場所だと認識してしまっている。

いままで生きてきて、そしてこれからも生きて……あのスライムが与えてくれるほどの快楽を、誰が与えてくれるだろうか？

初めて廃坑から出た時、そう思った。そう思って、自覚した。

きっと逃げても、自分はこの廃坑へ帰ってくる。帰ってきてしまう。魔導士としての矜持《きようじ》を、人間としての誇りを取り戻しても――この廃坑へ帰り、また犯される。犯されるために帰ってくる。その確信があった。

初めて廃坑から出た時、その思いを確信して、どうしようもなくてフレデリカは泣いた。本心から、泣いて、泣いて、泣きながら――ブラックウーズから愛してもらうために、身体を清めた。

「大丈夫か、フレデリカ？」

「ええ、大丈夫よ――」

ただ、今回はその途中で騎士の一団と出くわした。ふたりは女騎士だった……そこで、助けを求めるふりをした。

褒めてもらえると思ったのだ。いままで以上に犯してもらえるのではと思ってしまったのだ。そう思うだけで、フレデリカは期待に胸を弾ませた……そうなると、もう駄目だった。騎士達を……ブラックウーズへの生贄《いけにえ》を、連れてきた。いまはもう、そのことしか頭にない。この後、また犯してもらえる。女騎士達と一緒に。

そう思うと、フレデリカの足取りが軽くなる。無言になり、けれど口内には期待で唾液《だえき》が溢《あふ》れそうなほど。

周囲に気付かれないよう、フレデリカは生唾《なまつば》を飲み込んだ。

隣を歩く男が声をかけてくるが、それにほとんど考えることなく生返事をする。

どうでもよかった。

埃に塗《まみ》れて澱んだ匂《にお》い。それは、もはやフレデリカには慣れ親しんだものだ。

ああ、やっと帰ってきたのだ――と、そう心から思った。

初めて犯されてから、二日も犯されなかったのは初めてだ。半日も休ませてもらえることすら稀《まれ》、日中は犯され、夜は眠っているあいだも愛撫《あいぶ》され続ける。

女の身体は常に昂《たかぶ》っており、子宮を疼《うず》かされ、子供を宿す状態を常に維持させられた。

子宮を犯され、卵子を犯され、子供を宿した。魔物の子を宿すという恐怖しか感じない行為も、すぐに慣れた。

きっと自分は、外見だけが人間のカタチをした魔物なのだと、フレデリカは思っている。魔物を愛し、そしてこれから先、人間を愛することができないのだ。

「む――」

先頭を歩いていた騎士たちが足を止めた。それを感じ、冒険者たちが周囲を警戒する。

魔力も気配も感じないが、熟練の騎士にはなにか感じるものがあったのだろう。

「――擬態《ぎたい》する魔物か」

騎士たちが剣を抜き、続いて冒険者たちも各々《おのおの》の得物《えもの》を構える。

フレデリカが魔力を練《ね》り始める頃には、騎士の剣が淡く発光している。魔力の光――スライムの軟体を切れる魔力刃。魔法としては初歩の、けれどフレデリカが使うよりもずっと魔力が濃く、発動が速い。

しばらくして、犬程度の大きさはありそうなスライムが岩陰から這《は》い出てくる。

騎士は油断なく剣と盾を構えている。その騎士へ向かって、スライムがゆっくりと進む——と同時に、同程度の大きさがあるスライムが天井から落ちてきた。

あわててスライムを避ける騎士のふたり。そのバランスが崩れたところを、周囲の壁に擬態していたスライムたちが姿を現し、触手を向ける。

それすらも斬《き》り払い、盾で受け、体勢を整える騎士たち。麻痺毒《まひどく》がある粘液も、盾と鎧《よろい》に阻《はば》まれて効果を発揮していない。

「一匹だけではなかったのか!?」

騎士のひとりが驚きながら粘液触手をいなしながら、剣先がスライムの一体を捉える。その剣が振り上げられ、その隙《すき》を狙った触手は盾で弾かれた。

まず一匹——と確信した騎士が後ろからの衝撃に吹き飛ばされ、倒したと思ったスライムに頭から突っ込んだ。兜《かぶと》の隙間から麻痺毒の粘液が入り込み、慌てて息を止めたが遅い。

次の瞬間、犬ほどの大きさしかなかったスライムがいきなりその体積を増し、鎧騎士の全身を包み込むほどの大きさへと変化した。

軟体の大きさすら偽った本当の姿は、牛より一回り小さい程度。だが、騎士ひとりを飲み込むなら簡単で、あっという間にその全身が粘液に包まれる。

「なっ⁉」

一瞬の油断、もうひとりの騎士の兜へ触手が叩きつけられ、隙間から麻痺粘液が肌を侵す。

即座に表れた毒の効果に耐えきれず、もうひとりの騎士も膝をつく。

動揺《どうよう》している間に、新しく天井から落ちてきたスライムに冒険者のひとりが圧し潰される。

「フレデリカ、なにを⁉」

冒険者のひとりが叫んだ。

視線の先では、フレデリカが冒険者から木製の杖《つえ》を奪い、騎士がいた方に向けていた。

フレデリカが味方を攻撃した混乱から、残った冒険者たちは浮足立った。その間に、壁に擬態していた小さなスライム達が触手を伸ばす。

触手に触れただけで麻痺し、運良く触手を斬り払っても騎士ほど頑強な鎧をまとっていない冒険者では粘液の飛沫に触れるだけでも動けなくなってしまう。

結果、唯一フレデリカから離れた位置にいた最後の騎士だけが無事なありさまだ。

「ふふ……美味《おい》しい？　お父さんも、そうやって大きくなったのよ？」

最初に騎士を捕まえたスライムを、フレデリカは警戒するそぶりもなく愛《いと》おしそうに撫《な》でる。

ランタンの淡い明かりに照らされる粘液状のソレは――フレデリカが産んだスライムである。

そんなスライムを撫でるフレデリカを、まるで異質なものを見るかのように嫌悪の視線を向ける騎士。

「おい、魔導士――そいつは魔物だぞ⁉」

「？」

その声に、心底不思議そうな視線を向けるフレデリカ。その視線は、本当になにを言っているのだろう、という意味があり――。小さく首を傾《かし》げただけ。

そこには人間だから、魔物だからという考えはなく、ただただ疑問がそこにあった。

「だからどうしたと？　ああ……そういえば、私たち人間は、魔物を滅ぼそうとしていたわね」

そんなことを言いながら、それでもスライムを優しく撫でるフレデリカ。

その瞳には愛しさがあり、優しさがあり――母性があった。

「――魔物に毒されたか。哀れな」

騎士の言葉に、フレデリカは満面の笑みを浮かべると反論した。

「どうして？　幸せよ――すごく」


フレデリカが騎士たちを全滅させたころ、サティアたちはさらに廃坑の奥へと進んでいた。

フィアーナがランタンを手に前衛を務め、アルフィラと冒険者たちがサティアを守るように固まって進む。

警戒しながらだが、その進みは速い。

「気配も魔力もないですね……スライムは奥ですか」

「………」

そのフィアーナの隙のなさに、サティアは不安を覚えていた。

騎士という存在がどういうものかを知っている。中には実力がなくその肩書きを振りかざす者もいるが——確かな実力を持っている者もいる。

おそらく、今回この廃坑に向かってきたのは、そういう実力がある者だ、というのはフレデリカが話していた。だがそれでも……フィアーナから感じる隙のなさと魔力は、サティアがいままで出会った者の中でも格段に違う。

フレデリカよりも——ご主人さまよりも。

「大丈夫ですか、サティアさん？」

そんなサティアの様子を緊張だと思ったアルフィラが、声をかけてくる。

それに無言で頷《うなず》いて応え、この一団から遅れないように歩を進めるサティア。

そのままどれほど進んだだろうか。フィアーナや他の熟練の騎士たちにはまだまだ余裕があったが、アルフィラや冒険者たち、サティアに疲労の色が現れ始める。

進むスピードが落ち始め、あまり気にしていなかった埃《ほこり》や怨霊《おんりょう》の声に苛立《いらだ》ち始める。

「そろそろ、いったん戻りましょう——」

そう、フィアーナが提案した時だった。

突然剣を抜き放ち、周囲を警戒するように足を止めるエルフの女騎士。魔力が剣を覆《おお》い、ランタンの明かりとは違う、青白い光がフィアーナを中心に廃坑の闇を照らす。

フレデリカが見た男性騎士の魔力刃とは、明らかに質が違う光だ。

「構えて。この先にいます」

その緊張を孕《はら》んだ声と殺気に、まるで周囲の温度が下がったような気がした。

いや――。

（寒い……？）

実際に鳥肌が立つほどの寒気に肩を震わせるサティアと冒険者たち。

だが、アルフィラや騎士たちには変化はない。知っていたのだろう、フィアーナの属性を。

サティアが火の属性と相性が良いように、フレデリカが風と火と土の属性を使えるように、魔法使いには属性がある。

それが――フィアーナは、冷気。そのフィアーナの魔力にあてられたのか、廃坑の奥から牛ほどの巨体を持つスライムが現れる。

「ブラックウーズ……まぁ、それなりの相手ですね」

背中越しではあるが言葉に宿った鋭い殺気を感じ、サティアが一歩あとずさる。

「一匹ではありません、油断しないで」

それを聞いて、アルフィラたちも剣を抜いて周囲を警戒する。

その動作はフィアーナに比べて慌てた感はあるが、それでも素早い反応だ。そんな技量が劣る者達に向け、フィアーナを無視してブラックウーズの触手が向かう。

人の目では追いきれないほどの速さの触手――だが瞬く間もなく触手が冷気を纏《まと》った剣で斬《き》り裂かれ、切り口が凍りつく。

これでは触手攻撃の副次的効果である麻痺毒の飛沫《しぶき》が使えない。それに、斬られた箇所《かしょ》を結合することすら無理だった。

火属性が使いづらい洞窟《どうくつ》内では、これ以上ないほどにスライムに効果のある魔法だ。粘液なら凍らせれば無力化できるのだから。

「大丈夫です。落ち着いて対応すれば問題ありません」

フィアーナは触手の速さにも驚かず、冷静にそう告げる。そんなフィアーナを狙うように、ブラックウーズの触手が殺到する。

視界を覆うほどの触手がひとりの女へ向かうが、そのほとんどが斬り裂かれ、斬り損ねた触手は簡単に避けられる。

その動きはサティアにとって予想外だった。

狭くはないが限定された空間である廃坑内だというのに、跳び、岩壁を蹴《け》り、身軽に避けていく女騎士。白い法衣の前垂れが舞い、美しい緑髪が動きに合わせて踊る。

それはまさしくエルフの舞踏。舞うように、踊るように、その手足に魔力を通わせて筋力を強化し、暗闇の中に魔力の軌跡を残しながらスライムの触手を斬り刻んでいく。

斬り落とされた触手はフィアーナの魔力が生み出した冷気により、即座に凍りついて地面に転がる。そんなフィアーナに見とれていた冒険者たちだが、周囲の岩に擬態していた紺《こん》色のスライムが動き出すと、円陣を組んで構える。

「まだこんなに!?」

「あわてないで！　大物はフィアーナさまに任せて、私たちは足を引っぱらないように！」

聞いていた情報と違う、と冒険者のひとりがサティアに怒鳴るが、アルフィラが声をかける。

フィアーナと巨大スライムの実力は明白だ。自分たちが足を引っぱらなければすぐに勝つと信じていた。

事実、サティアはあまりの実力の前に、表情を驚きに染めてフィアーナを見ている。

アルフィラが盾を構えて冒険者たちを庇《かば》うように前に立つ。そのアルフィラに向けてスライムたちの触手が向かうが、盾と鎧に阻まれて粘液すら届かない。

その様子をどう感じたのか、さらに数匹が岩陰から現れる。

「サティアさん、援護を!!」

（……どうしよう）

そんな中、どうするべきかサティアは考えていた。

ここで行動を起こしても、フィアーナを無力化できる可能性は限りなく低いのはわかる。

そう冷静に考えながら……しかし、これだけの実力差だ――どうにかしなければご主人様が負けてしまう、と焦ってもいた。

フレデリカと違い、経験が少ないサティアにはできる手段が限られている。

フィアーナを攻撃して気を逸《そ》らすか、それともアルフィラたちを無力化するか。そんなことを考えていた時、冒険者の頭上から一匹のスライムが落ちてくる。

周囲を警戒していたが、頭上からの攻撃には対応できずに反応が遅れてしまう。だが、押し潰されることはなく横っ飛びに避けたことで、円陣が崩れてしまった。

スライムに囲まれながら分断される形になり、冒険者たちに焦りが生まれる。

「ふっ！」

フィアーナは冒険者たちを気にしながらも、なるたけ早くブラックウーズを無力化しようと攻め続ける。

触手を斬り落とし、少しずつ距離を詰めていく。だが、その効果は限りなく薄い。すでに麓《ふもと》の村の家畜の半分近くを喰らい、人間の男を二十人以上吸収した魔物、ブラックウーズ。

吸収したモノをそのまま自身の質量へと変える突然変異種は、その見た目とは違い、使える粘液の量は通常のブラックウーズよりもはるかに多い。

それがこのブラックウーズの最大の武器であり、唯一フィアーナを凌駕《りょうが》できる力だろう。

フィアーナがスライム本体を凍らせるか、それより先に体力が尽きるか。

――その天秤《てんびん》は、限りなくフィアーナに傾いている。

戦い慣れ、油断もない。限定された廃坑内だというのに跳ねまわるその姿は、美の女神すら彷彿《ほうふつ》させる。

「…………」

だが、彼女の唯一の誤算は、スライムの味方であるサティアであろう。

サティアは凍りつき、地面に転がった斬り落とされた触手のひとつを手に取る。

少女が使えるのは火の魔法。手に持った触手の氷を即座に溶かす。

「サティア、なにをしてる!?」

冒険者のひとりがサティアの行動に気づくが、遅い。

そう叫んだ直後に、少女の手から黒色の触手が伸びて三人の騎士を岩壁に叩きつけた。

手加減などない一撃は鎧の上からでもすさまじい威力で、騎士たちが叩きつけられた岩壁にヒビを入れる。もちろん、男たちは即死だ。血を吐いて絶命する。

手のひらに載る程度の大きさしかない粘液だというのに、その内にある質量は出鱈目《でたらめ》だった。

さらに残った三人の冒険者とアルフィラに向けて触手が伸びる。

「なにを!?」

アルフィラが叫ぶが、その声に応えず魔力を練《ね》り上げる。

「……炎よ、弾けろ」

「くっ!?」

放たれた火炎弾がアルフィラへ届く前に爆発する。その衝撃波でアルフィラを牽制《けんせい》すると触手が残った四人に向かうが、避けられる。

だが今度は、その避けた先を狙って岩壁に擬態していたスライムの触手が襲いかかった。触手に触れただけで身体《からだ》に変調をきたした冒険者たちは、さらに混乱してしまう。

その数は時間が経つごとに減っていき、ついには無事なのはアルフィラだけになってしまう。

「くそっ、何匹いるんだ!?」

十を越えるスライムに囲まれながら、鎧に守られて無事だったアルフィラが叫ぶ。

そのアルフィラも、今度はサティアの火魔法で吹き飛び、強《したた》かに背中を岩壁に打ち付けた。

歯を食いしばって気絶することは避けたが、衝撃で身体が痺れてしまい、反応が鈍くなる。

それでも懸命に立ち上がろうとし――。

「――な、に!?」

下半身に力が入らず、地面に膝をついてしまう。お尻をつくような、女の子がする座り方だ。

運悪く、吹き飛ばされた拍子にスライムを背中で押し潰してしまっていた。

そして、サティアも無事ではなかった。アルフィラに魔法を放った直後に、フィアーナの風魔法を撃ち込まれていた。アルフィラへ意識が向き、無防備なところを吹き飛ばされ、小さな体躯《たいく》は落ち葉のように地面を転がり岩壁にぶつかって止まる。

かすかに動く指先が生きていることを伝えるが、意識がないようで起き上がる気配はない。

「サティアさん、どうして!?」

フィアーナが叫ぶが、その剣筋に迷いはない。

即座にアルフィラとスライムのあいだに立ち、向かってくる触手を残らず斬《き》り伏せていく。

他の騎士や冒険者たちは気を失ったか麻痺毒《まひどく》にやられ、動くことすらままならず、ゆっくりと近づく小さなスライムたちに抵抗すらできずに次々と飲み込まれていく。

それを一瞬だけ視界に収め、フィアーナは悔《くや》しそうに視線をブラックウーズへ向けた。

サティアのせいで形勢は一瞬にして逆転した。自分ひとりというならともかく、まだ生きているアルフィラを見捨てることができない。守ることで、動きが制限される。

だが、まだ逆転の目はあった。

フィアーナはブラックウーズたちを斬れば、それで終わらせることができる。冷気をまとった剣を警戒し、小ぶりなスライムたちはふたりに近寄ることができないでいた。

現状で警戒すべきは最も巨大なブラックウーズただ一匹だ。

「――フィアーナさま、私に構わず!」

足手まといである自分たちがいなければ――とアルフィラは唇を噛《か》む。そんな彼女の足元に、一匹のスライムがいた。蜥蜴《とかげ》ほどの大きさしかない、子供のスライムだ。

堅物《かたぶつ》の騎士は下半身の麻痺は強くなり、その感触に気づけなかったのだ。

「ッ！　まだ大丈夫です！　なんとかふたりで――」

そう力強く言うフィアーナの後ろで、守られるように座るアルフィラに異変が起きた。

「――ッ!?」

咄嗟《とっさ》に声を出すのを抑え、まだ動いてくれる右手で口元を隠す。

一瞬、なにが起こったのかわからなかった。だが……下半身になにかがいるというのは確信した。視線をあわてて下へ向ける。しかしそこには、見慣れた全身鎧があるだけだ。

鎧の隙間《すきま》から入り込んだ小さなスライムはそのまま親から受け継いだ本能のままに、彼女の下半身へとたどり着く。

（なに!?　なんなの!?）

普段の落ち着いた表情ではない、驚愕《きょうがく》の表情でアルフィラは下半身へ視線を向けた。

「ひ――」

（ヒィ!?　な、な――足を舐《な》められてる!?）

そのおぞましい感触に、アルフィラは正体もわからず両の太ももで締めつけて抵抗する。

気持ち悪さ、恐怖、混乱がアルフィラから冷静さを奪っていく。口元を押さえ、フィアーナを動揺《どうよう》させないように声を抑えていることが奇跡に思えるほどだ。

麻痺毒による痺《しび》れがなければ、鎧を脱ぎ去っていたかもしれない。

「ふ――ッ」

深く鼻息を吐き、気を落ち着ける。フィアーナが巨大スライムを仕留めるまでは耐えてみせると、心の中で気を引きしめる。

その間に、ほぼ無抵抗のまま下半身へ辿《たど》り着いたスライムは陰部を舐め上げ、それどころか皮を被《かぶ》った陰核《いんかく》を刺激しはじめる。その動きは陰湿だ。

決して単調にならず、陰唇《いんしん》と陰核を交互に責めて刺激に慣れないよう工夫《くふう》する。

陰部と陰核を刺激するのはそのままに、更に新しいスライムが股間《こかん》に忍び寄ると、その間にある膣道よりも小さな穴……尿道の入り口にその触手を伸ばしたのだ。

「ちょ——え!?　そこ——ッ」

突然、いままで嬌声《きょうせい》を耐えていたアルフィラが大声を上げる。

さすがのアルフィラも、健全な性知識ではありえない尿道への侵入に声を上げてしまった。

「アルフィラ!?」

その声にフィアーナが反応してしまう。突然の大声。仲間の身になにかがあったのかと緊張するが、振り返ってそれを確かめる余裕がない。

アルフィラが下半身を嬲《なぶ》られている間も、無数の触手がフィアーナへ向かう。しかしそのすべてが、女エルフへとたどり着く前に切り刻まれ、氷塊《ひょうかい》と化した。

(ひぃ!?　そ、そこ——そこ違う!?)

その後ろでは、尻餅《しりもち》をつき、鎧の上から股間を押さえてアルフィラが悶《もだ》える。

覚悟や想像すらしていなかった場所への未知の刺激に、困惑するしかない。

「あ、あ、あ――いや、だめぇっ!?」

「アルフィラ、どうしたのですか!?　なにが――ッ、くっ!?」

そんな仲間の声に動揺を隠しきれないエルフの女騎士だが、その剣はスライムの触手を斬ることができない。

一度押し切られると、どうしようもなくなるとフィアーナの本能が告げていた。

アルフィラの状況がわからないことで確かな焦りが生まれ、徐々にその剣技に陰りが滲《にじ》み始める。動揺するフィアーナを尻目に、アルフィラの混乱はさらに増していく。

尿道の一番奥にまでスライムが侵入すると、そこに溜まった排泄液《はいせつえき》を取り込み、今度は出ていこうとする。吸収するものがなくなったのだから当然だ。

「んぅぅぅ――っ」

だが柔らかな塊《かたまり》を尿道からひり出す刺激にアルフィラは悶絶《もんぜつ》し、しかし直後に訪れる開放感に苦悶の表情は徐々に柔らかく綻《ほころ》んでしまう。

「ぁ――」

尿道に入り込んだスライムが全部出る。一瞬の開放感の後に訪れたのは、脱力によって締めつけが緩《ゆる》くなった尿道を先ほどよりも勢いよく侵入するスライムの衝撃だった。

「ひぁぁああ!?」

尿道の刺激に悶えるアルフィラの声に、フィアーナの注意が一瞬スライムから逸《そ》れる。

その一瞬をスライムは逃さず、触手が魔力を纏《まと》った剣ではなく、剣を握る手を捕らえた。

「クッ！」

粘液触手を凍らせる魔法剣だが、それを握るのは女エルフの細腕だ。

一度捕まってしまうと、女の腕力ではどうしようもない。だが、圧倒的な剣技と魔力でブラックウーズを追い詰めようとした女騎士の表情にはまだ余裕があった。

腕はガントレットに守られ、いまだ麻痺毒の効果は表れていない。

アルフィラの変調は気になったが、まずは最大の敵であるスライムの駆逐《くちく》を優先する。

その意志をもって魔力を練《ね》り、今度は周囲の温度を下げていく。

無事なのはフィアーナの周囲だけで、廃坑の暗闇でわからないが、岩壁にはうっすらと霜《しも》がつき始める。

周りの被害など考えない魔法だ。仲間がいたなら使うことができない類《たぐい》の魔法は、廃坑のような閉鎖空間内ではスライムに取り込まれた騎士たちや冒険者をも凍らせてしまうだろう。

……触手を斬り刻みながら悩みに悩んで、生きるための選択をフィアーナは取ったのだ。だが、周囲が完全に凍りつく前に行動を起こした存在がブラックウーズ以外にもいた。

それは、アルフィラの鎧《よろい》に付着していたブラックウーズの身体の一部。ブラックウーズ本体とは別れてしまったが、そこにある意志は同じ。

アルフィラの鎧から剝《は》がれたそれは、魔法に集中するフィアーナの背へ襲いかかった。

「え⁉」

最初に感じたのは、首筋への嫌悪感。

滑る異物がフィアーナの首筋から伝い落ちるように服の中へと侵入したのだ。

「え、や——なに⁉」

嫌悪感を抱く刺激に思考が混乱するが、魔法を維持し続けたのはさすがというべきか。

「くっ——アルフィラにもこうやって！」

さらに魔力を開放してスライムを早く凍らせようとするフィアーナ。

そんな女騎士の背筋を、スライムが舐めるようにして滑り落ちていく。

「——っ⁉」

突然の刺激に驚いたが、魔法を維持するフィアーナ。抵抗がない女に気をよくしたスライムは、麻痺毒を使うことなくその体を使って女エルフの背中を舐め回し、さらに前方へ回り込む。

胸を支える清楚《せいそ》な純白の下着の縁に沿ったかと思えば、下着の肩紐を引っぱって胸全体を揺らして刺激を変えたりと、力強さはないが、その責めは巧みだった。

「っ——ふぅ……いやらしい……っ」

息が上がり、白雪のような肌に赤が差す。気持ち良くはない。感じるのは嫌悪だけだ。

（このまま、耐えれば——）

「は、ぁ――はぁ……ン」

生唾《なまつば》を飲み込み、胸からこみ上げる刺激を無視しようとする。眼前のスライムは、すでにそのほとんどを凍りつかせていた。

あともう少しと思いながら、魔法を維持し続ける。だが、スライムも黙ってはいない。

人間の性交の常識を超えた動きは、経験があまりないフィアーナを確実に追い詰めていく。

絞《しぼ》るように胸の根元を締めると同時に胸全体を舐め、乳首を転がす。

かと思えば、優しく擦るように指先のような大きさの触手でマッサージをしてくる。同じ責めを繰り返さないように、フィアーナが慣れないように。

「この――んぁン……魔物のクセに」

豊か過ぎて男の手でも包み込めない巨乳全体から疼《うず》くような快感が生まれる。

女エルフは快感に耐えるように身をよじらせ、額に浮かんだ汗が髪を貼りつかせた。

「は、ひぃ!?　――ぅふぁ」

騎士の誇りである剣を握ったまま腰が砕《くだ》けそうになった。毅然《きぜん》と立っていたその足は内股《うちまた》になり、スカートの深いスリットから覗《のぞ》く太ももに鳥肌が浮かぶ。

ブラックウーズを睨《にら》んでいた金色の瞳は涙に潤み、吊り上がっていた目尻がトロンと下がる。

エルフの長い耳の先まで羞恥の赤に染め、それでもフィアーナは抗《あらが》い、懸命に立ち続けた。

（ひ、ぁ――な、なにこれ!?）

潤んだ瞳の先で、光が瞬いては消えていく。

こんな状態でも魔法を維持しているのはさすがだが、それももう限界だ。

(乳首——ちくびぃ……は、激しくしないでぇ！)

捏《こ》ね扱《しご》かれ、根元で折られるように激しく凌辱《りょうじょく》され、それすらも快感と受け取ってしまう自分の身体《からだ》が恨めしい。

胸を凌辱されるたびに身体が痙攣《けいれん》し、瞳が潤む。眼前のブラックウーズがぼやけてしまう。

その後ろでは座り込んだアルフィラも尿道からの刺激に全身を震わせ、ふたりの美女は身体中に粘液を張り付けて悶えているようにしか見えない。

「は、はげし——こん、な……こんな、のっ」

(こ、んな——スライムなんかに……スライムごときにぃ!!)

豊かな弾力を誇る双丘《そうきゅう》がやわらかくたわみ、あるいは服を歪ませながら踊るように弾む。

脂肪《しぼう》の塊でしかないはずの胸が、フィアーナを責め立て、聡明な思考を快楽に染めていく。

正面から迫るブラックウーズの触手がなかったら、きっと剣を手放してしまっていただろう。

それほどまでに、スライムの責めは巧みに女の肉欲を昂らせていく。

「や、ぁ——やだ、もう……やめ」

その口から、哀願の声が漏《も》れた。

これ以上はダメだ、と理解していた。この先は耐えられない、と感じていた。ゾクリと背筋に鳥肌が立つ。腰の奥が痺れる。

「……やめ、なさいっ」

まだ声には力強さがある。だが、そんな言葉をスライムが聞くはずもない。

まるで牛の乳を搾《しぼ》るかのように、乳房の根元から先端に掛けて押し出すように力強く揉《も》む。

身体は前屈みの姿勢に崩れてしまい、騎士の誇りである騎士剣をその手に持ちながら、足を内股にしながら、快楽に歪んだ顔をブラックウーズへ晒《さら》してしまう。

（こんなっ、むね……胸っ、だけなのに――っ）

「い、く――ぁ、ふぁ」

アルフィラと同じように、座り込むようにして地面に腰を落とし、何度も全身を震わせながら飲み込むのを忘れて口内に溜まっていた唾液《だえき》を口の端から垂らすと、握っていた剣から光が消えていく。剣こそ手放していないが、もはやそのことになんの意味もない。

そうなると、もうフィアーナを守るものはなにもない。清楚《せいそ》な鎧やローブに向かって薄汚い触手が殺到する。

服の袖《そで》やスカートのスリット、鎧の隙間《すきま》から侵入し、服の下が粘液塗《まみ》れになる。

「や、やだ……やめ、やめなさいっ。――やめてぇ!?」

強気な言葉が次の瞬間には弱気な発言となり、目尻に涙を浮かべながらフィアーナは身を竦《すく》ませた。……その視線の先で、表面が凍り付いていたブラックウーズが内側から氷を砕いて更に触手を増やしていく。

――そして、ブラックウーズは新しい母体を手に入れた。


「く――ふ、ぅ――ンぁ！」

両手をひとくくりにして頭上で拘束《こうそく》されながら、女騎士――アルフィラがなにかを耐えるように腰をくねらせる。

彼女の視線の先にはまるで罪人のように磔《はりつけ》にされた純白の騎士フィアーナと、そしてこの廃坑内を案内していたふたりの魔導士の姿があった。

「そこ！　そこっ！　おく、もっとぉ!!」

「ん、ふあ――おっぱい、出ませんからぁ……」

そんなふたりの魔導士――金色と灰色の髪をした女が粘液のバケモノに凌辱されていた。

肌の上を触手が這《は》い回り、胸といわず股間《こかん》といわず、その全身を舐《な》め回す光景はおぞましいはずなのに、ふたりは心酔するように目を閉じ、悶《もだ》えている。

（……おぞましい）

だというのに、その触手の一部に尿道という普通なら使うはずのない排泄孔《はいせつあな》を犯されたアルフィラはその光景から目を逸《そ》らせない。

頰《ほお》を僅《わず》かに上気させながら、鎧を剝《は》がされて厚手の衣服だけの格好になりながら両足をもどかしげに擦り合わせてしまう。

鎧に合わせた厚手の黒いズボンが擦れ、サフ、と乾いた音を鳴らす。

（魔物なのに……魔物なんかに、襲われているのに）

だというのに、フレデリカもサティアも心から嬉しそうで、頬を綻《ほころ》ばせてしまっている。

その表情を見ていると両足の動きも大きくなり、何度も太腿を擦り合わせてしまう。

「――ん、ふ」

両足の震えが大きくなる原因は、まだ彼女の尿道内にスライムが居座っているからだ。

（なんでこんなにっ、こんなに……ぃ）

駄目だとわかっていても、もじもじと太腿を擦り合わせてしまう。

廃坑の戦いから数時間。長い時間、異物を咥《くわ》え込み、開発された影響だった。

尿道で快感を覚えるなどありえない。これからの日常生活がどうなるのか……そう考えるだけで鼻の奥が熱くなり、涙が滲《にじ》む。

この場で唯一の希望――アルフィラは必死にフィアーナに声を掛けるしかできない。

そのフィアーナは、鎧は剥がされているが衣服は纏《まと》ったままだ。しかし胸元やスカートのスリットから侵入した触手が服の下で這い回り、その度に純白の女騎士は僅かに身動《みじろ》ぎをして悶えている。

廃坑内での戦闘の後、最後まで抵抗しようとしたフィアーナは触手の打撃によって意識を失い、そのまま拘束されていた。

「フィアーナさま、フィアーナ様っ!!」

犯されるフレデリカとサティアを横目で見ながら、アルフィラは美貌《びぼう》のエルフ騎士を呼ぶ。

「フィアーナさ――」

「んあ！　ぁ、ああ!!　――イク、イク……おく、舐めちゃダメぇ!!」

そんなアルフィラの声を遮《さえぎ》ったのは、フレデリカの嬌声《きょうせい》だ。

美しい金髪が広がり、フレデリカの魅惑的な肢体《したい》が一瞬だけ大きく仰《の》け反《ぞ》った。男の手にも余りそうな巨乳が大きく揺れ、互いにぶつかり合い、生々しい音を立てる。

快楽に表情を歪《ゆが》ませた姿を晒す彼女を同じ人間だとは思えず、アルフィラは視線を逸らす。

(こんなこと、耐えられない。どうにかして逃げないと……)

アルフィラは、この場所が恐ろしかった。世界の敵である魔物。だがその魔物に犯され、喘《あえ》ぎ、受け入れている人間がいる。

そのことが、恐ろしくてたまらない。もしかしたら自分もそうなるのでは、という恐怖がアルフィラを衝《つ》き動かす。

「ぁ、ぁ――そんな、おっぱい……吸わないでくださぃ……」

次にアルフィラの耳に届いたのは、恋人に甘えるようなサティアの声だった。

「ご主人さまぁ……サティアも、サティアにもぉ……お願いします、お慈悲《じひ》を」

黒い触手に愛撫《あいぶ》される足を大きく開き、腰を突き出すように……サティアのような可愛《かわい》らしい女がするにはあまりに浅ましい格好で、彼女は触手を誘う。

アルフィラですら恥ずかしいと思う格好なのに、サティアには一切の躊躇《ためら》いはない。

「――ぅあ！　ああ、ああ!!」

そして、サティアの身体と同様に小さな入り口であるその蕾《つぼみ》に、フレデリカのものよりいくらか細い魔物の触手が押し込まれていく光景を見せつけられる。

(逃げないと……早く、早く……っ!!)

「フィアーナさまっ!!　くそ、くそっ――はぁ、ん……違う、違う……」

あのふたりのように犯されたらどうなるのかなんて、アルフィラは想像もしたくない。

普通の性交しか知らない女騎士にとって、目の前の光景は地獄であり――未知の情景だった。

尿道の奥に鈍く残る快感が、腰の奥を刺激する。紫の髪が頬に貼りつき気持ち悪い。

「はぁ、はぁ!!　いいっ――イクっ、またいくからぁ!?」

「ひ、ぁ――はっ、はっ……も……もっとぉ――」

フレデリカの激しい喘ぎ声が、サティアの甘い囁《ささや》き声が、アルフィラの耳朶《じだ》をくすぐる。

(いや、いやだ……こんなの聞きたくないっ)

悔《くや》しさで涙がこぼれてしまう。泣いては駄目だと思っても、止めようがない。

――そして、カチャカチャと腰のところで金属音がした。

ズボンを留めているベルトの金具だ。既に壊されたソレを抜き取ると、厚手のズボンが重力に引かれて落ちる。下半身がアルフィラの性格を表したような色気のない実用性重視の黒ショーツ一枚だけになる。

「いやだ、やだやだ——やだぁ!!」

彼女をこれから犯すのは人間の敵である魔物。しかも、眼前のフレデリカとサティアの様子を見ているからこその恐怖もある。

処女を奪われる恐怖。犯される恐怖。魔物なんかを受け入れてしまう恐怖。

目の前で魔物を受け入れた女がいるからこそ、その恐怖は否《いや》が応《おう》でも現実味を帯びてしまう。

「やめて、やめてっ。や、やぁっ」

ショーツの脇へ触手を絡めると、そのまま膝の位置までずり下ろす。

クチュリ、と。ブラックウーズの粘液と、アルフィラの愛液が絡み合う。

「やめて」

ぐ、と。陰唇《いんしん》を擦っていた触手へ力が込められた。

「いや、いやぁ……くる、なっ——くるなぁ!!」

ブチリ、と。アルフィラは確かになにかが裂ける音を、聞いた気がした。

「ん……」

ピクリ、と。広場の中央で磔にされているフィアーナが僅かに身動ぎをした。アルフィラが発した破瓜《はか》の悲鳴をエルフの長い耳が捉えたのだ。

意識はまだほとんどが眠っている状態。自分がどういう状況なのかも理解できないまま、けれど両手足を拘束する粘液を煩《わずら》わしく感じ、徐々に動きが大きくなっていくと――。

「なっ、なにっ!?」

（なに――これ!?）

気絶から目覚めたフィアーナは、自分がどういう状況なのか理解できず、声を上げた。

ブラックウーズの触手で視界は塞《ふさ》がれ、四肢《しし》は拘束されているのをすぐに理解する。

魔力は奪われ、無力な状態での覚醒《かくせい》は戦いに慣れている女騎士を極限まで混乱させた。

「ふぃあ――フィアーナさまっ」

アルフィラが懸命に声を上げる。最後のあがきだ。

この時、この瞬間だけが勝機だと感じたのかもしれない。きっと、それは間違いではない。

「な、なに!?　なんで――えっ!?」

嬌声ではない、驚愕《きようがく》の声。また、顔が左右へ振られる。

目覚めたばかりの彼女はいきなり発情している自分の肢体に驚き……しかも拘束されていて身体をほとんど動かせないのだから声を上げるしかなかった。

しかも視界が奪われていて、いまが昼なのか夜なのか、周りに誰がいるのかもわからない。

「フィアーナさまっ、逃げてっ」

しかし、いきなりそんなことを言われてもフィアーナにはどうしようもない。

性感帯を刺激すると女騎士が面白いように嬌声を上げる。意識を失っているあいだに開発され、火照《ほて》った身体は耐えることを忘れて簡単に痙攣《けいれん》した。

「ど、どうな――や、やめ、っ……ひぅっ、やめな……やめてっ！」

次第に混乱は更に大きくなり、言葉が強気な命令口調から弱気な否定へと変わっていく。

それは不安からの本心だ。見えず、動けず、返事をしない凌辱者《りょうじょくしゃ》。

この場で唯一フィアーナの疑問に答えることができるアルフィラは、希望を求めて逃げろとしか言えない。むしろ、そのことがフィアーナの混乱を増長させている。

「ひ、ぁっ……くっ、なに!? どう、してっ――こんなっ」

自身がどうしてここまで快楽を感じているのか理解できないのだろう。

意識を失っている間、ずっと犯されていたなどと、それこそ夢にも思っていないはずだ。

「あら――目が覚めたの、フィアーナさま？」

「その声……フレデリカさんっ」

新しい触手がフレデリカにも絡みつく。力強く腰をとらえ、胸に絡み、四肢を捕らえる。そのまま宙へ持ち上げられて運ばれた先は、フィアーナの傍だった。

「フレデリカさん、助けてっ。これ、解いてくださいっ」

「え？」

その声に、なんの気なしに疑問を返す。

「……どうして？」

当然のように膣《ちつ》へ触手を招き入れると、それだけでフレデリカは目の前が真っ白に染まった。

「ふあ──ん、ぅ。はあ……あは。んっ、きもちいぃ……」

「な、に。なにを……フレデリカさん、なにをっ!?」

視界を塞がれたフィアーナには喘ぎ声の原因を想像するしかない。暗闇の中、自分の隣でなにが行われているのか……フレデリカがなにをしているのか想像するしかない。

そしてそれは、最悪の想像だ。認めたくない。自分を拘束するものがなんなのかも、膣へ入り込んでいるものがなんなのかを、フレデリカが『なに』から犯されているのか、自分を『なに』が犯しているのかを……認めたくない。

「いやっ、はな──離せっ、離しなさいっ！」

暴れる。魔法を使って逃げようとするが、魔力は空《から》っぽのままで詠唱《えいしょう》だけが空しく響く。

「ご主人さま、申し訳……ありません……サティアは、また……」

そして、その尖った耳に聞き覚えのある声が、名前が聞こえた。

感情の起伏《きふく》がなかった平坦な声を興奮で震わせながら、ネチャネチャと卑猥《ひわい》な音を響かせながら、サティアが腰を振っている。

「ん、んっ。ごしゅじ、さまっ……きもち、いい、ですか――?」

「な、なに……サ、ティアさ――ぁ、あっ」

前が見えない。嬌声しか聞こえない。身体《からだ》は拘束されて、逃げることもできない。

女騎士の胸に、恐怖が宿る。

「……ぁ……ぃゃ――やめてぇぇええええ!?」

この日、廃坑の奥から響く声が、ふたつ増えた。

# 第四章　―　逃走

うっそうと木々が生い茂った山だった。

いまや廃坑となった魔法銀《ミスリル》鉱山には鉱夫が寄りつかないどころか、獣の姿すら見かけない。

夜になると木々の葉に月明かりが遮《さえぎ》られ、地面を視認することも難しい。

そんな暗がりの中に、珍しく荒い息が響いていた。

数は多くない。ふたりだ。身にまとっていたであろう鎧《よろい》の名残《なごり》を手足に残し、着衣を乱しながらふたりの女性が走っていた。

ひとりは、夜の闇の中へ溶け込むような紫の髪色。その美しい髪を振り乱し、右手は豊かな胸の震えを押さえるように服の胸元をつかんでいる。もう片方の手は色気のない厚手のズボンがずり落ちないように握ったまま。

もうひとりは、木々の隙間《すきま》から僅《わず》かに差し込む月明かりを弾き、美しく輝く緑髪の女性。こちらは、もうひとりの女性とは対照的に白の法衣を身にまとっており、暗い森の中で蒼く輝いているようにも見えた。

この山にある魔法銀《ミスリル》の廃坑で行方《ゆくえ》不明になった冒険者たち、その原因を調べにきた騎士だ。ほかにも十数名の騎士や冒険者たちがいたはずだが、その姿はない。

——皆が皆、廃坑に喰われた。

そう称するのも、間違いではないだろう。廃坑の壁や天井に擬態《ぎたい》したスライムたち。廃坑の最奥にある空洞一面を覆《おお》い尽くすほどに巨大なブラックウーズ……それに捕食された。

それが、冒険者たちが行方不明になった原因であった。

息を乱しながら必死に走るふたりの表情には、後悔《こうかい》と屈辱《くつじょく》——そして、逃げることができたという安堵《あんど》から、少しずつ恐怖の色が浮かび始める。

どれだけの時間、距離を走っただろうか。

太陽が向こうの山から顔を覗《のぞ》かせる頃。ようやく、ふたりは足を止めて一息を吐いた。

自分自身の荒い息と、軽度の酸欠による耳鳴り。早鐘を打つ心臓は痛いほどで、スライムの粘液に穢《けが》れた服が、風に吹かれて容赦《ようしゃ》なく体温を奪っていく。

そのことが現実を思い出させ、ふたりの騎士の胸に暗い影を落とす。

魔物を討伐《とうばつ》するための女王の剣——騎士が、魔物に背を向けて逃げたのだと。

＊

時間は少し遡《さかのぼ》る。

ふたりの女騎士は捕らえられ、昼や夜など関係なく、廃坑の最奥で休みなく犯されていた。

ブラックウーズに時間の概念《がいねん》はない。知識としては知っていても、どうでもいいと考える。

いや、まずそう考える思考がない。

ただただひたすらに、アルフィラと、もうひとりの女騎士――フィアーナの身体へ快楽を教え込んでいく。何時間も、何日も、何週間も。

女が子を産めるようになるまで。そして、子を産み続けるよう。ブラックウーズは淡々とその行動を繰り返す。それだけしかしない。それが本能なのだ。

……フィアーナとアルフィラが捕らわれて、すでに一晩が明けていた。

廃坑の天井にある大穴からは太陽の光が降り注ぎ、最奥全体が見渡せる。……そこは、地獄だった。壁も、天井も、薄汚れたスライムの粘液で包まれている。

いったいどれほどの質量なのか、これだけの粘液を無力化するにはどれほどの魔力が必要なのか……戦闘技術に長《た》けたフィアーナでも、簡単には想像できない。

「お願いしますフレデリカさん、止めてください――止めさせてくださいっ」

「……どうして？」

「どうしてって……魔物なんですよ!?」

薄汚れた黒に近い灰色の粘液塊《ねんえきかい》――粘液のベッドとも喩《たと》えるべきものの上で大の字に拘束《こうそく》さ

れているフィアーナは、アルフィラの惨劇《さんげき》が終わると同時に塞《ふさ》がれていた口を解放され、傍にいたフレデリカに助けを求めた。

ブラックウーズと戦い、善戦した女騎士。ブラックウーズもこの女性を脅威《きょうい》と感じているのか四肢《しし》は関節まで拘束されている有様。

服こそ纏《まと》っているが清楚《せいそ》な白いローブは粘液に濡れて見事な肢体《したい》に張り付き、エルフらしからぬ巨乳と細いくびれをいっそう卑猥に際立《きわだ》たせてしまっている。

ローブの両腰にある深いスリットからは黒のガーターと、そしてガーターベルトに釣られた同色のストッキングまで完全に露《あらわ》になってしまっている。

裸よりも恥ずかしさを覚える格好だ。

フィアーナが逃げようと暴れると、その巨乳がブルンブルンと激しく揺れる。下着に支えられ、仰向《あおむ》けの状態だというのにその迫力は、フレデリカ以上の大きさと柔らかさだと見せつけているかのよう。

そのフレデリカもまた、フィアーナほどではないにしろ、手足を拘束されていた。

フィアーナの上へ重ねるように移動させられると、女騎士にも劣らない巨乳が下着代わりの黒インナーに包まれているのに重力に引かれて彼女の巨乳に触れあう。

廃坑の天井に空いた大穴から差し込む陽光は彼女の美しい金髪を際立たせ、フィアーナの緑髪を美しく輝かせる。

「こんなに気持ちいいのに」

困惑するフィアーナに向けて、フレデリカは笑った。本当に、心から……嬉しそうに。

それはまるで無邪気な子供のような笑みにも見えて、フィアーナは底知れない恐怖を覚えて背筋が冷える。

魔物との戦いとは別種の恐怖を冒険者の魔導士から感じ、フィアーナの瞳が揺らいだ。

「騎士さま――貴女《あなた》も……んっ」

続いて漏《も》れた嬌声《きょうせい》は、女にとって延々と突かれる快感を与え続けられる……拷問《ごうもん》のような種付けの始まりの合図だった。

……そのはずなのに。

フレデリカは、嬉しくて、期待して、瞳を潤ませてしまう。息が乱れ、汗が浮き、下にいるフィアーナの頬《ほお》を涎《よだれ》と汗が濡らしていく。

そこには欲情した女の顔があり、フィアーナの表情が恐怖に歪む。信じられない者を見るような目は明らかにフレデリカを恐れ、同時に心配もしていた。

そんな、生娘《きむすめ》のようなフィアーナの反応が面白い。きっと、自分も最初はそんな顔をしていたのだろうと――フレデリカは、数週間前の自分を見ているような気分になる。

「フレデリカさん、ダメです!!　気をしっかり持って、スライムになんて負けないでっ」

「んっ、ぁ……ま、まけ?」

妙なことを言っている、とフレデリカは思った。

撫《な》でるような繊細《せんさい》さで、苦痛を与えない優しさで、まるで嫌悪を示すフィアーナへ見せつけるように、フレデリカを啼《な》かせる行為は確かな愛撫《あいぶ》。

女を意識した雄《おす》の動きだ。そんな、女を大切に扱う手に、勝てるはずがない。

「あん、だめ……それ、ひきょ……ぅ。も、もっと……いつもみたい、にぃ……」

「フレデリカさん、だめ、だめ……です……」

フィアーナの眦《まなじり》から涙が零《こぼ》れる。助かるためには力を合わせなければいけないのに、フレデリカはそんなつもりなど僅かもない。

「くっ……アルフィラ、アルフィラ!!」

「諦めたら、いいのに……んっ」

そんなフィアーナを見て、フレデリカが言った。触手の動きに合わせて身体が上下し、触れあっている豊かな胸が擦れて妙な気分になりそうになる。

フィアーナはそんなことを言うフレデリカを、力いっぱい睨《にら》みつけた。

「私はあきらめませんっ。絶対にっ」

「そ、そう……んっ、あっ……ほんとうに?」

「え?」

フレデリカがそう言ったのと同時に、フィアーナには見えない位置で変化が起きる。

気付かない間に拘束されている両足を上り、二本の触手が彼女の太もも付近にまで到達したのだ。ガーターストッキング越しに動くモノを感じ、慌てて下半身へ視線を向ける。

フレデリカの下半身が邪魔をして見えないが、確かになにかがいる――そう感じてフィアーナは必死に身体を暴れさせようとした。

しかし四肢どころか関節まで拘束されては抜け出すことなど不可能で、むしろその行為はフレデリカの胸と自分の胸を擦れさせ、先端に淡い刺激を生み出してしまうだけである。

「あん、いきなりそんな激しい……」

「止めてください、フレデリカさんっ」

茶化すような口調だったが、フィアーナの方も粘液に濡れた胸が揺れ、下着の裏地に乳首が擦れるとなんとも言えない刺激を感じて顔を赤くしてしまう。

自分が魔物を受け入れる――そんなこと、絶対にありえないと断言できる。

けれど、フィアーナの目の前ではフレデリカが喘《あえ》ぎ、半ば白目を剝《む》きながら揺れている。

まるでそれが未来の自分を暗示しているようで、それを認めたくない一心で、必死にフィアーナは身体を暴れさせた。

「くっ、やめなさいッ!!　こないで――さわるなっ!!」

「あっ、あっ――いいっ、いいっ!!」

拒絶するフィアーナの目の前では、眩暈《めまい》がしそうな勢いでフレデリカが揺れている。

その熱気に圧されるように、フィアーナは触手を警戒しながらゴクリと生唾《なまつば》を飲み込んだ。

戦い慣れた騎士が気圧されるほどに、フレデリカの表情は異様だった。気持ち良いと恥ずかしげもなく大声を上げ、喘ぎ、涎を飛ばし、その眼はフィアーナの方を向いているのに、フィアーナを見ていない。……そして、最後には。

「もうらめ、らめっ!? おかひくなる、あたま、あたまがへんになるぅ!?」

「………………ぁ」

フィアーナでも、わかった。その拒絶は本心ではないと。

快楽に歪んだ表情はだらしなく溶け、零れる涎は糸が引くほどの量にまでなっている。

フレデリカは自分から魔物を受け入れていると、誰の目にも明らかだった。

サティアのようにブラックウーズへ献身を誓ったわけでも、フィアーナのように完全に拘束されているわけではない。

なすがまま――本心から抵抗せずに犯されている。

男性の目を惹《ひ》く美貌《びぼう》が、太陽の光を反射して輝く金髪が、腐液に塗《まみ》れていく。

それを見ながら……フィアーナは、言葉にしようのない熱を覚えていた。肌が粟立《あわだ》ち、胎《はら》の奥が疼《うず》く。身体の芯に熱が籠《こ》もるのがわかる。

「こう、なるのっ。騎士さま、あなたもっ」

フレデリカは、わかっていた。

何度も逃げる機会はあった。アルフィラの部隊に保護された時もそうだ。それ以前にも、何度も廃坑を抜け出した。

ブラックウーズはフレデリカ達に優しかった。廃坑の奥に籠もってばかりだと精神的に良くないとでも思ったのか、外に出ることを許されていた。

少し奥にある川まで行って身を清め、獣を獲り、真っ当な人間らしい食事をした。

けれど……それから逃げることはなかった。

ブラックウーズを主人と錯覚《さっかく》しているサティアはともかく、フレデリカは自分がまだ正気だと思っていた。廃坑の外へ出た時、逃げ出せると何度も思った。

思ったのに……廃坑に戻り、ブラックウーズの匂《にお》いを嗅《か》ぐと、身が竦《すく》んだ。動けなくなった。

触手に捕らわれると、たったそれだけで股《また》が濡れた。

いや、戻るという選択肢を選んでいる時点で、どうしようもないと頭が理解している。

忌《い》むべき魔物を討伐《とうばつ》するためではない。逃げることもできる。けど、フレデリカは——この廃坑に戻ってしまう。だって……。

「は、ぁ——あぁ……」

何度も絶頂を極《きわ》め、僅《わず》かに触手の勢いが緩《ゆる》む。

自分を見上げてくる女騎士の瞳には、明らかな恐怖が宿っていた。自分よりも圧倒的な強者《つわもの》が、熟練の騎士が、ただの冒険者を恐れ、慄《おのの》き、怯《おび》えていた。

そんなフィアーナの様子に、フレデリカは口角を上げて笑う。

見せつけるように。『次』は貴女だと思い知らせるように。

「……やめ、て」

無意味だとわかっていても、フィアーナは制止の言葉を口にしてしまう。それはブラックウーズに向けたものか……それとも、見せつけるように喘ぎ続けるフレデリカにか。

そんなフィアーナを見下ろす——見下すフレデリカ。

ブラックウーズには知性がある。それをフレデリカが理解したのは、このスライムが自分の言葉に従って自分を犯したからだ。

どこが弱い、どこが良い、どうしてほしい、こうしてほしい。

全部とは言わないまでも、ブラックウーズは時間が経ち、吸収した男たちの知識を得て知性を手に入れていた。

しかし、やめて、と。どれだけ泣いて乞《こ》うても、それだけは叶えてくれない存在でもあった。

絶頂しても、気絶しても、眠りたい時でも、本当につらい時でも。

ブラックウーズはフレデリカへの愛撫を止めることはなく、それこそ気絶しているあいだも絶頂の快楽を叩き込まれ、教えられた。

それは、幸せだった。キモチイイだけを考えていられる幸福だった。

「ん……ぁん、ごしゅじんさま?」

この幸福を知らない憐《あわ》れな女騎士を見下していると、サティアが目を覚ました。

フィアーナを押し倒すような体勢で犯されているフレデリカに気付くが、特に気にする様子もなく視線を逸《そ》らす。サティアにとって、自分に向かってくる触手たちの方こそ大切なのだ。

サティアの反応はフレデリカ以上にフィアーナを困惑させた。

彼女は愛《いと》しいご主人様の触手、一本一本を大切に指で撫で、その内の一つは口に含み、丁寧《ていねい》に丁寧に舐《な》めしゃぶり、愛撫し始めたのだ。

その間に他の触手たちは優しくサティアを包み込み、ゆっくりと持ち上げた。

フィアーナが横になっているものとは別の場所に作られた肉のベッドへと運んだ。優しく横たえる。そこは、サティア専用のベッドだ。

サティアはそこで、これからまた気を失うまで、生殺しにされるのだ。

優しく全身を愛撫され、その薄い胸を、小さな乳首を、無毛の恥丘《ちきゅう》を……人形のような表情を涙と涎《よだれ》と鼻水でぐずぐずに汚れるまで、生殺しにされる。

そうして肢体が溶けに溶けるまで愛撫されたあと、種付けされる。ブラックウーズの種。スライムの種。魔物の種を。

アレは拷問《ごうもん》だと、フレデリカは思う。

延々と。延々と。愛撫される。それはとても気持ち良いとわかっていても……その先は一度だけなのだ。気絶寸前まで追い込まれて、ようやく犯してもらえる。そんな拷問。

人間相手の肉欲を知るフレデリカには耐えられない、生殺しの拷問。

だからサティアは不安そうに離れていく触手を見送って、しかし愛しいご主人様には逆らえずに肉のベッドから起き上がろうとはしない。

「あん……」

フィアーナが健気《けなげ》に主人を待つサティアを見つめていると、フレデリカが甘い声を上げた。

触手が愛撫したからではない——サティアの痴態《ちたい》に惹かれ、無意識にフィアーナの下半身が動いたからだ。ちょうどフレデリカの股の間に挟まれている膝が動き、そこにある黒い布地の上から敏感な陰核《いんかく》を擦ってしまっていた。

次いで、今度はフレデリカの動きでフィアーナが纏《まと》っているローブの前垂れが捲《めく》れ上がり、可憐《かれん》な薔薇《ばら》の刺繍《ししゅう》が描かれた純白の下着と、白い肌を映えさせる黒のガーターが露になる。

「や、やだ……っ。やだ、やめて……」

フレデリカの黒下着とフィアーナの白下着。そのコントラストが艶《なま》めかしい。

その純白の下着に守られた陰部は、うっすらと開いて綺麗《きれい》な桃色の皮肉が透けて見える。

「うそばっかり」

そんなフィアーナの哀願を聞きながら、フレデリカは言い放った。

「乳首を勃起《ぼっき》させて悦《よろこ》んでいるじゃない」

フィアーナの哀願がぴたりと止んだ。静かになる。女騎士のいまにも泣きだしそうな顔が印象的だった。

するとフレデリカは、艶《つや》やかな唇を開き、口内へ触手を招き入れた。

舌を卑猥《ひわい》に動かし、口全体で触手を頬張り、鼻息を乱しながら懸命に奉仕する。

……その目はフィアーナを見下ろしていた。

口奉仕はこうするのだと教えるように、ゆっくりと、淫猥《いんわい》に、的確に、触手を食《は》む。

すると、その忌《い》まわしい黒く淀《よど》んだ触手の中央を、白いナニカが進みだす。

そのナニカが触手の先端へ到達すると、女魔導士の口に犯されていた触手が引き抜かれた。

その先端から溢《あふ》れたのは、黒い粘液触手が放つ腐臭とはまた違った異臭。それが、フレデリカの美貌へかかり、重力に引かれてフィアーナの美貌へ垂れる。

「いやっ!?」

悲鳴を上げて、その液体が目に入らないよう目を細める。

白濁《はくだく》とした液体は額や鼻梁《びりょう》、頬、唇、喉元《のどもと》までを穢《けが》す量。あまりの量に驚き、しかしいつまでも息を止めていることはできるはずもなく、むしろ呼吸を止めていたことで酸欠気味になりながら胸一杯にその異臭を嗅いでしまう。

「こ、これ……」

フィアーナには、その臭《にお》いに覚えがあった。遥《はる》か昔だが性交経験がある身だ、その豊かな胸を使った口奉仕の経験も――ある。

だから、覚えがあった。

精液。男が放つ、命の源。

それが、魔物の触手から放たれたのだ。

「な、ん……」

その臭いに顔中を包まれながら、フィアーナは呆然《ぼうぜん》とつぶやく。なぜ、どうして、と。

この世界は、それほど魔物の生態が解明されていないのが実状だ。魔物は倒すべき敵であり、ある程度の生活習慣を知っていれば討伐するときに便利というくらいの認識しかない。見敵必殺《けんてきひっさつ》。それが魔物討伐における基本であり、捕まえて調べるということはあまりしない。

だが——魔物は魔王が生み出す存在であり、子を成したり性交をしたりする存在ではない。なら何故、スライムなんかが精液を吐き出すというのか。そして、その精液を体内に孕《はら》んだらどうなるのか……嫌な考えが頭に浮かび、フィアーナは暴れ出した。

小柄な身体《からだ》が上に乗るフレデリカを押し退けようと腰を突き上げ、両手足を拘束《こうそく》する触手を力任せに引きちぎろうとする。フレデリカの痴態を見ている間に回復した魔力を無意識に身体強化へ回すと、腕を拘束していた触手が少し伸びた……が、それだけだ。

軟体の触手は伸ばそうとする力に強く、腕力が多少強くなった程度ではちぎれない。

「いや、いや……いやいやいやぁぁぁあああ!!」

犯される。

それすらも現実味がないというのに――精液を放つ触手を見て完全に自分を失ってしまった。

精液だ。

膣《ちつ》に――子宮に放たれると生命となる、尊《とうと》いもの。命の源。

子を慈《いつく》しみ、愛情を注ぐ。それは尊い行為であるはずだ。そのはずだ。そのはずだった。毎日のように女神に祈りを捧げているフィアーナからすると、フレデリカ以上にその思いは強い。

「やめ――やめてっ!?　離して……離しなさいフレデリカ!!」

強い口調で言って、さらに強く身体を暴れさせる。

だって。だって――。

「魔物なんですよ!?　まもの――魔物の子供だなんん――ひぃ!?」

不意に、下半身に気持ちの悪い感触を感じた。その行為を想像していたからか、身体がいままで以上に敏感になっている。

もうそこに、ブラックウーズを打倒した、魔法が得意なエルフの女騎士という面影《おもかげ》は残っていない。これから乱暴されることに怯える、女の顔。生娘《きむすめ》のように嫌々と首を振ることしかできない、無力な女がいるだけだ。

「ほら、もうすぐ」

「――っ。いや、いやです!?　……こ、こんな――アルフィラ!?　アルフィラ!!」

自分よりも下級の騎士に助けを求めながら、フィアーナは懸命に身体を暴れさせる。

その視界に、もうひとつの影が映る。

小柄な影には、見覚えがある。

サティアだ。

その彼女もまた、フィアーナと同じように肉のベッドに拘束されて肢体《したい》を震わせていた。

肉づきの乏《とぼ》しい、言い方を変えるなら引き締まった、無駄な贅肉《ぜいにく》などなにひとつない人形のような綺麗な肢体におぞましい触手が這《は》いずり回っている。

「サティアさん！」

涙声になりながら、フィアーナがその名前を呼んだ。すると、虚《うつ》ろに天井を向いていた顔がフィアーナのほうを向く。

その顔を見て、フィアーナの瞳には信じられないモノを見たような……絶望が浮かぶ。

サティアもまた、フレデリカと同じように嗤《わら》っていた。口に触手を咥《くわ》えながら、愛《いと》おしそうに舌を這わせながら、全身を揉《も》み解《ほぐ》され、膣には一本の触手が入り込んでいる。

ゆっくりと、その身体を壊さない優しさで、前後しながら元奴隷《どれい》の娘を犯していた。

「ひっ――ぃ、いやっ、サティアさん!?」

もう一度その名前を呼ぶと、フィアーナへ向けてサティアがほほ笑む。それもまた、フレデリカと同じ顔。フィアーナに、自分と同じになると告げた時と同じ顔。

まるでサティアからも――自分がフレデリカと同じような存在になるのだと告げられたよう

な気がして、フィアーナは悲鳴を上げた。

そんな、暴れるフィアーナの頬に一本の触手が触れる。腐臭が鼻孔《びこう》を抜け、脳を直接刺激するような異臭に美貌《びぼう》を嫌悪に歪める。

「やめ、やめてっ……やめなさ――んぐぅっ⁉」

口から否定の言葉を吐きながら触手から逃れようと顔を左右へ揺すると、突然反対側から生えた触手が、拒絶の言葉を吐いていた口を塞《ふさ》ぐように挿入された。

突然のことに脳裏《のうり》が白くなりながら、とっさの反応で触手を噛《か》みちぎる。口内に入り込んだ触手を吐き捨て、強い視線でフレデリカを睨《にら》む。触手を一本だけとはいえ、噛みちぎったことで気持ちを持ち直したのだ。

口内に腐液が溜まり、気持ちが悪い。唾液《だえき》と絡ませて吐き捨てると、口の中一杯に腐臭が溢れたような気がした。

「離れなさい、フレデリカっ！」

騎士の一団を率《ひき》いた強者として、フレデリカを睨みつける。

フレデリカの曇った瞳はフィアーナの強気を浮かべた表情を映すが、しかし見えていない。

もう、フィアーナなどどうでもいいと言わんばかりに、気だるげに目を閉じようとする。

逆に、強い言葉を放ったフィアーナのほうが困惑してしまうほどだ。

まさか無視されるとは思っていなかったフィアーナは、気を取り戻したことでわずかずつ回復しつつある魔力を練《ね》り上げる。

こうなったら、フレデリカごと――。

「え――」

そう考えた瞬間だった。自身のショーツが引っぱられたのがわかった。陰部に冷たい風を感じ、気の抜けた声を漏《も》らしてしまう。

引っぱられたショーツによって陰部と陰核が擦られる感覚。それがなにを意味するのか理解するのに数秒の時間を要した。

「や――」

やめて。

そう声にする間もなく、露《あらわ》になった陰部へ無遠慮《ぶえんりょ》に触手が入り込んでくる。

「ひぃ!?　な、なんで!?」

なんでもなにもない。この魔物は、女を犯す。そんなことはフィアーナも理解している。現に、目の前でフレデリカは犯されたではないか。

だが、それでも思考が、常識が追いつかない。魔物に犯されるなど想像もしないことだ。魔物とは人類の敵で、殺し殺される間柄。そのはずなのに――その魔物に犯されるという現実を理解できずに、フィアーナは逃れようと身体を暴れさせる。

せめて自由になる腰を上下させると、フレデリカの身体がわずかに持ち上がる。ただ、それだけだ。自分の腰でフレデリカを持ち上げるような状況は、第三者から見られたなら喜んで腰を振っているように見えかねない。

「ひ、ぃあ!?　な、んでぇ!?」

暴れるフィアーナの口から困惑の言葉が溢れる。

「う、くぅっ！　こ、んな――こんなのでっ」

触手はゆっくりと、しかし一気に子宮の入り口まで到達すると、フィアーナはその感触に困惑した。

（おくっ、奥が押し開かれる!?　こんな、こんなっ!?）

子宮口を開かれるというのは長く生きたエルフの人生でも初めての感覚だった。

喘《あえ》ぎ声は段々と大きくなっていき、腰の震えが全身へと伝播《でんぱ》していく。

少しでも膣《ちつ》を穿《うが》つ感覚に耐えようとする太ももには筋が浮かび、全身にはブラックウーズの粘液とは違う芳《かぐわ》しい香りを放つ珠の汗が滲《にじ》みだす。

食いしばった歯は屈辱《くつじょく》に耐えるためではなく内から漏れそうになる嬌声《きょうせい》を少しでも拒《こば》もうとする行為となって、フィアーナは表情を苦悶《くもん》に染めていた
そして――くちゃくちゃと、耳が生暖かい『なにか』に包まれた。

「ひにゃ――――っ!?」

可愛《かわい》らしささえ感じる素《す》っ頓狂《とんきょう》な声が漏れ、フィアーナは反射的に背を仰《の》け反《ぞ》らせた。

のしかかっていたフレデリカが僅《わず》かに浮くほどの勢いだ。

新しい触手はエルフにとって弱点である右耳を包み込み、舐《な》め、しゃぶり、長い耳を扱《しご》き始めたのだ。包まれただけでなく、その内側では様々な刺激が与えられ、しかも耳から聞こえるぐちゃぐちゃという音が脳へ直接届くような違和感。

フィアーナは目を見開き、仰け反らせた背を落とすことができず、全身を強張《こわば》らせる。

「ひゃ……やぁ、も、やめ…………へぇ」

意味を成しているのかいないのかわからない、力の抜けた声が響く。抵抗する力が抜けると膣内の触手は更に奥へとその身を進め、ついには子宮の奥にまで到達。

フィアーナは遂に一番大切な場所まで犯されたことを理解して涙を流した。

「うっ……ふぅっ——ぅ、ぁ、ぁぁ……?」

そんな失意のフィアーナを慰めるように、フレデリカの柔らかな手が、頬《ほお》を撫《な》でた。優しく、輪郭《りんかく》を確かめるように撫でられ、視線を女冒険者へと向ける。

「泣いているの?」

まるで世間話をするかのような声音《こわね》だった。いまがどういう状況か理解しているはずなのに、その声音にはなんの焦りも恐怖も感じられない。

犯されて、絶頂して、胎内《たいない》に精液を放たれて。だというのに、フレデリカはなにも気にしていないとでも言うようにフィアーナを見る。

カチカチと、音が鳴っている。それが、自分の歯が噛み合わない音だと、フィアーナは気づかなかった。呼吸が、鼻息が注入に合わせて乱れる。

絶望ともいえる表情を浮かべるフィアーナを、フレデリカは見下ろす。

抵抗していた白くて綺麗《きれい》な騎士が黒く汚れるのだと思うと、フレデリカは気持ちが良かった。

「これくらいで泣いちゃだめよ、騎士さま……」

それは、尊敬とは程遠い、嘲《あざけ》り、蔑《さげす》み、そんな感情が宿った呼び方だった。

「これからずうっと……なのに」

「――――ぁ」

そんなことを言うフレデリカを、信じられないものを見るような目で見てしまった。

……どうしようもない、絶望の涙。心が、音を立てて砕《くだ》けそうになる。

――これからずうっと……なのに。

その言葉が、何度も脳裏に浮かんでは、消えていく。消えては浮かび、浮かんでは消える。

ずうっととは、何回だろう……？

フィアーナはふと、そんな場違いなことを考えてしまった。

壊れた人形のように周囲を見やる。廃坑の奥だろうこの場所は、一面が黒い粘液……ブラックウーズの液体で覆《おお》われている。……つまり、これだけの質量を持つ魔物なのだ。

二回や三回で終わるとは思えない。思えるはずがない。

それこそ、確実に孕《はら》むまで――胎《はら》が膨らむまで射精すると言われても信じられる。

そんな精を受け入れて、どうなるか。

「ぁ、ぁう……ぁ……」

確実に孕む？

それで済めばいい。孕み、魔物の子を産み――また孕まされる。その繰り返し。女としてではない、母としてではない。

子を産む道具として、苗床《なえどこ》として扱われるのでは。

フィアーナのなにも映していなかった瞳が、フレデリカを捉える。

――気持ち良さそうに、嗤っていた。女冒険者が騎士であるフィアーナを見下しながら、嗤っていた。

「いゃ」

誰にも届かないような、小さな声だった。

無駄だとわかっているのに、粘液の拘束《こうそく》から逃れようと右手を動かした。

左手を、両足を、全身を。動かした。駄目だった。抜け出せなかった。

それを抵抗と受け取ったのか。ブラックウーズが触手の動きを激しくさせる。

「いやぁぁぁあああああ!!」

悲鳴が上がった。

騎士ではない、女の悲鳴が。

今度こそ孕まされる。そう思うと、本能が必死に拒絶した。

「ゃ、いやぁっ!? や、め……やめ、やめてっ!!」

息を乱しながら、拒絶する。声で、声だけで。暴れる身体は全身へ力を込め、それは膣も変わらない。声や表情とは裏腹に、膣はその全体で触手を締めつけ、射精を促す。

「や、だ――やだ、やだ……や、めてっ」

拒絶の言葉にも、力がない。喘ぎとは違う、暴れて乱れた呼吸も相まって、急速に体力を消耗《しょうもう》してしまっていた。いつの間にか、拘束を振り解こうとしていた抵抗もやんでいる。

荒い息を吐きながら……。

「あっ、ああっ、そ、こ――そこ、そこいいっ！」

快楽を隠そうとしないフレデリカの喘ぎ声を聞かされてしまう。耳を塞ぎたいのに、それすらできない。そんな些細《ささい》な抵抗すら封じられ、体力を失ったいま、なにも考えられなくなる。

なにより――。

(なんで、こんな……)

「ふぅ――っ!!」

歯を噛み締め、嬌声を上げるのを拒絶する。それが、フィアーナにいまできる最後の抵抗だった。だが、何度も一番の弱点である膣内を刺激され、浅くだが絶頂に達してしまった身体は小さく痙攣《けいれん》してしまう。その度合いをブラックウーズとフレデリカへ伝えてしまう。

「いっ、イった！　――いった、わね!?」

「……いっ、いってない!!　イってま――ひゃぅ!?」

強く否定する。否定しようと口を開いて、それを狙ったかのように子宮口の周囲全体を舌で舐《な》められた。触手の先端が枝分かれすると、膣道の複数箇所《かしょ》を同時に刺激される。

「ひゃ、やめ――それやめてぇ!?」

最後の力を振り絞《しぼ》って暴れるが、その抵抗は先ほどに比べるとさらに弱々しい。

いまなにをしているのか、なにをしようとしていたのか、どうしてこうなっているのか。

脳を冒す異臭と、酸欠と、非現実的な状況にわからなくなる。

「はぁっ！　――あ――あ、ああっ、やめ、やめてぇぇぇ!?」

カチカチと噛み合わない歯が音を立てる。全身から冷や汗が流れ、必死に下半身に力を籠《こ》めるが、その程度の締め付けは抵抗にすらならない。

……トロ、と。

いままで誰にも触れさせたことのない場所に、得体の知れない液体が流れ込んだのがわかった。

熱くて、火傷《やけど》しそうなほどで、けれどどんなものよりも気色悪い。

最初は少量。けれどその量と勢いは段々と増していき、しばらくすると子宮の壁に叩きつけられるほど強く……それは、ブラックウーズの精液だった。

「——いやぁぁあああ!!」

何度も、いつまでも、ブラックウーズは射精した。フィアーナの喉《のど》が嗄《か》れ、絶望に弛緩《しかん》するまで、何度でも、いつまでも。

フィアーナが項垂《うなだ》れる。瞳から希望の光が消え、スライムごときの成すがままになる。

その瞳から、絶望の涙が一筋、流れ落ち……それもスライムの触手に舐め取られた。


しばらくの時間が経つと、アルフィラが目を覚ました。

休んだことで気力がわずかでも回復したのか、その瞳には意思の光が復活している。

「……く、そ」

アルフィラは、まるで囚人のように頭上で両腕をひとまとめにして拘束され、両足もまた肩幅に広げさせられてしまっていた。

剝《む》き出しの性器は凌辱《りょうじょく》でいやらしく濡れ光り、痛々しいほどに赤く染まっている。つい最近まで処女だったのだ。快楽の愛撫《あいぶ》に晒《さら》されようと、痛みと傷を消すことはできない。

この場所にいるだけで気持ちが萎《な》えそうになり、しかし離れた場所に眠っていた黒とは真逆である白銀の女騎士に希望を抱く。

「フィアーナさまっ」

もう何度目になるのか。彼女の名前を呼ぶ。

アルフィラとともにこの洞窟《どうくつ》へと捕らわれているもうひとりの女騎士、フィアーナ。

しかしその表情――上半身を、いまは見ることができない。その理由は、彼女に別の女性が圧しかかっているからだ。フレデリカ・リーンと名乗った女冒険者。サティアと同じく保護した女がフィアーナへ圧しかかり、その身体《からだ》を隠している。

アルフィラからは隠れた上半身がどうなっているかわからず、ただふたりの白と黒という対照的な下着が丸出しで、曝《さら》け出された陰部へ侵入して前後運動を繰り返す触手しか見えなかった。時折、くぐもった喘《あえ》ぎ声に合わせるように、ふたりの下半身が震える。

（フィアーナさま……）

性に疎《うと》いアルフィラでもわかる。フレデリカだけではなくフィアーナも絶頂したのだ。

全身から力が抜けそうになり、アルフィラは自分を叱咤《しった》した。こんな訳のわからない状況で終わりたいなどと、誰も思わない。なんとか逃げることができないかと、周囲を見渡す。

「……そんな」

アルフィラが目を覚ましたことに気付いた腕を拘束する粘液が蠢《うごめ》きだし、スライムの凌辱が再開しようとしているのを肌で感じた。

「やめなさいっ、やめ――やめてっ」

だんだんと動き出している粘液にそう叫び、身を激しくよじる。

……その言葉が通じたのか、必死に暴れていると頭上で両腕を拘束していた粘液が緩《ゆる》んだ。

「え？」

息を乱しながら頭上を見上げ、そのまま完全に拘束が解かれるとアルフィラは尻餅《しりもち》をつくように粘液の地面へとお尻から落ちた。

べちゃ、という気色の悪い音とともに豊かに実った臀部《でんぶ》に気色の悪い感触も気にせず、どうして拘束が解かれたのかと訳がわからずそのまま自分の両手を見るアルフィラ。

ブラックウーズの持つ麻痺毒《まひどく》の影響で指先の感覚は非常に鈍感だ。だが、僅《わず》かにだが動く。

それは、ブラックウーズが母体にはそれほど強い麻痺毒を使わないという習性を持っているからだった。

時間が経つと、その痺《しび》れも薄れてくる。

初めて人間を捕食した際に麻痺毒で老人を殺してしまったブラックウーズは、同じような失敗を母体となる女性で行わないようにと細心の注意を払っていた。

抵抗する母体を拘束するための毒であり、動きを鈍らせる程度の濃度。

最初に麻痺毒を使われたアルフィラは、時間が経って毒が抜けかけていた。

そのまま、両足を拘束していた触手もその身を引いた。完全に解放された形となるが……どうしてこのような状況になったのかわからないアルフィラには、余計に不気味な状況に追い詰められたように感じたといっても過言ではない。

訳がわからないまま、周囲を警戒しながら脱がされていたショーツとズボンを穿《は》く。

身体の具合を確かめるよう全身に力を込めてみると、上半身は徐々に感覚が戻りつつあるのがわかる。しかし足に力が入らない。毒で痺れているのではなく、腰が抜けてしまっていた。

「な、なにか……なにかないのか……」

武器や道具。逃走に役立ちそうな物――そんなものを探すが、なにもない。

……しばらくすると、アルフィラの周囲の床から新しい触手が生えた。数は二本。

続いて大きな塊《かたまり》……そう表現するしかない、巨体も形成される。

魔物の生態が書かれた書物に載るスライムらしい楕円《だえん》の塊は、ブラックウーズの子供だった。

フィアーナの体液を吸収して成長した個体が、目を覚ましたアルフィラに狙いを定める。

「く、くるな……っ」

だが、その巨体が丁度《ちょうど》、広場の天井にある大穴から差し込む陽光の下を通った時だった。

キラリとなにかが光った。濡れ光る粘液ではない。もっと冷たく、鋭い、金属の光。

それは剣だった。それもアルフィラたちのような一般の騎士に配られるものではない。

鉄や鋼《はがね》ではなく精霊銀――魔法銀《ミスリル》をドワーフが鍛え、エルフが装飾を施《ほどこ》した名剣。フィアーナが使っていた騎士剣にアルフィラは見覚えがあった。

(どうしてフィアーナ様の剣が、あんな所に……？)

どうしてそれがスライムの体内にあるのかはわからなかったが、ようやく見つけた『武器』にアルフィラは表情を硬くする。

(好機は一回だけだ)

毒の効果が薄れ、手足の拘束が解かれ、武器が間近にある——こんな奇跡はもう二度とないだろうとアルフィラは緊張に表情を硬くする。

毒が薄れていることを悟られないように腕は動かさない。左腕こそ摑まれたが、右腕は無事だったのは幸運だ。

次はどうやってその本体に近付くかだが、これもある種の幸運だった。スライムはその楕円の身体から、男性器そのものに見える太く硬い、天に向かってそそり立つ一物を作り出す。

「ひっ」

その声は本心からだ。触手に犯され、処女を奪われたことで性交に対して強い忌避《きひ》感を抱いているアルフィラは、スライムの男性器を見て悲鳴を上げてしまう。

だが、その恐怖心を呑《の》み込んで、アルフィラはスライムを震えながら睨《にら》みつけた。

「……う、薄汚いバケモノめっ。そっ、そんなものでわたしは……私は屈しないからなっ」

言葉が震えてしまうのはどうしようもない。

スライムはそんな強気なアルフィラの反応が面白いのか、まるで見せつけるようにゆっくりとその肢体《したい》を一物の上まで運ぶ。

警戒するそぶりはなく、まだ毒が効いていて逃げ出せないと思っているのかもしれない。

せっかく穿いたズボンを脱がされ、半乾きの黒ショーツ越しに粘液の男性器が陰部に触れた。

「う……う……」

無意識に全身が震える。恐ろしい。怖い。じわりと、涙が浮かぶ。

（うごけ、動け……っ）

それでも、恐怖に竦《すく》む全身を奮《ふる》い立たせ、右腕をスライムの体内へ突っ込んだ。スライムは抵抗しない。

怪我《けが》を負わせたくないという考えからだった。

アルフィラはなんの抵抗もなく騎士剣の柄を摑むと間髪容《かんはつい》れずに引き抜き、フィアーナのものに比べれば未熟としか言いようのないか弱い魔力を込めて刀身に刻まれた魔法を発動する。

刀身に刻まれた古いエルフ文字が輝き、アルフィラの魔力が青白い冷気へと変換された。

魔力の質によって威力はずっと低く、周囲の温度を下げるほどではない。だが、刀身に触れたスライムの表面が一瞬で凍結し、そのまま身体を拘束していた触手も砕《くだ》く。

「やった！」

ようやっと手に入れた生還の希望に表情を明るくしたが、次の瞬間には前のめりに転倒する。

腰が抜けて思うように動けない――それでもアルフィラは懸命に身体を起こすと、剣を杖《つえ》代わりにして前へ進んだ。

目指すのはフィアーナとフレデリカが一緒にいる場所。

自分ひとりでは逃走できないと思っての行動だ。

スライムも最初は驚いたが這《ほ》う這《ほ》うの体《てい》であるアルフィラの状態を察すると、とくに警戒はしなかった。

そのまま足に触手を絡ませ、アルフィラを宙へ逆さ吊りに持ち上げた。

アルフィラは必死に触手を砕こうと剣を振ったが、すぐに触手が再生する。アルフィラの魔力が尽きたのだ。

「きゃぁ!?」

せめて大事な剣を落とさないようにと必死に両手で握り、フィアーナの方を見る。

スライムはそんなアルフィラの意図を汲《く》み、フィアーナの傍で犯そうとでも思ったのかアルフィラを逆さ吊りにしたまま移動させる。

そうして落とされたのは、フィアーナとフレデリカが重なっている肉ベッドの近く。

そばにはサティアが捕らわれているベッドもある。

――これから、四人揃《そろ》って犯されるのだ。

そう、言葉にされることなく理解すると、フレデリカがアルフィラを見た。絶頂し続けて脱力し、下に敷いたフィアーナへ全身を預けながら肩で息をしている。

とても疲労しているように見えるのは、それだけ快楽に喘がされたからだろう。その表情はどこか満足気でもあるのが、アルフィラには恐ろしかった。

「アルフィラ、その剣で粘液を斬《き》って……」

そのような状態でもフィアーナはアルフィラの手にある剣を確認すると、力のない声でそう言った。その声にはまだ意思の力があった。まだ、絶望に沈んでいない、希望の宿った声だ。

言われるまま、騎士剣を両手で持ち直す。不格好な体勢でアルフィラが剣を振り上げると、その刀身に触手が絡みついてアルフィラから剣を奪おうとした。

だが、刀身へ絡みついた触手が瞬く間に凍りつく。

人類と魔王との戦いを共に駆け抜けた精霊銀――魔法銀《ミスリル》製の愛剣。時間が経ってもその刀身には魔力が残り、込められている魔力は戦争が終わってからの十数年分という膨大な物。

それが、傍にいるフィアーナの意思に反応して解放された。

その量はもうそれほど多くない。騎士剣に魔力が残っていたからこそ、その魔力を奪うためにスライムが体内に残していたのだ。

それは、幸運であった。奇跡といえるのかもしれない。

この騎士剣に僅かだが凍結の魔力が宿っているとわかると、アルフィラの行動は早かった。

剣を振るい、まず足を捕まえていた触手を凍らせて砕く。足が自由になると、そのままフィアーナの右手首を捕らえていた粘液を斬った。やはりその粘液も凍って砕ける。

その一瞬。母体へ危害が及ぶと判断したブラックウーズがフレデリカを持ち上げて守る。

その判断で行動の遅れた触手たちが動き出す前に腰の抜けた身体《からだ》で這《は》いながらフィアーナへ近づき、肘を拘束《こうそく》していた触手へ剣先を当てる。凍った粘液をフィアーナが力を込めて砕いた。

「剣を――!!」

声に力がこもる。

先ほどまで快楽に喘《あえ》いで絶望していたが、それでも希望が目の前にあれば人は必要以上の力を発揮できるものだ。たとえそれが、一時的なものだったとしても。

フィアーナは、解放された右手に剣を握ると左腕の粘液を凍らせて砕き、疲労に鈍る剣先で両足を解放する。

ようやくその段になって、フレデリカとサティアを安全な位置まで移動させたブラックウーズが行動を開始した。フィアーナとアルフィラの周囲へ無数の触手が現れる。

フィアーナは即座に、新しく出現した触手と避難したフレデリカ達の位置を確認した。

「アルフィラ、走れますか!?」

「い、いえ……フィアーナさま、私を置いてお逃げください……」

そう聞いたフィアーナは、先ほどまでのような無力な女ではない。剣に残っていた魔力を吸い上げ、とりあえず動けるまでに回復する。

自分の魔力だ。フィアーナがいちばん上手に利用できる。

アルフィラの返事を聞くと、その視線をフレデリカとサティアへ向けた。

先ほどの一瞬。そして、この廃坑での経験から、このブラックウーズがフレデリカとサティアを特別扱いしていることは察していた。

周囲を警戒しながらアルフィラへと歩み寄ると、その細い腰へ腕を回す。

「!?」

アルフィラが驚いてフィアーナを見上げる。

フィアーナはその小さな身体からは想像できない腕力でアルフィラをわきへ抱えると、手に持っていた剣をフレデリカへ向けて投擲《とうてき》。剣先を向け、必殺の意思をもって放つ。

剣の勢いを阻《はば》むように触手が壁や床から伸びた。だが、剣に残っていた魔力が触手を凍結させ、幾本かを巻き込んで粉砕《ふんさい》しながら飛ぶ。

更にそのまま突き進んだ騎士剣は触手に絡め取られたが、使い手による最後の命令——刀身に刻まれた古いエルフの言語の意図するままに魔力を暴走させて爆発。

一瞬で廃坑奥の広場、その半分が凍結した。使い手にも被害が及ぶほどの威力ゆえにブラックウーズとの戦闘では使えなかった最後の手段。

攻撃はフレデリカたちやブラックウーズの本体へ届くことはなかったが、ブラックウーズはフィアーナの予想どおりにフレデリカを守るために全力を尽くし、追撃することができない。

フィアーナはその間にアルフィラを抱えて廃坑の最奥から逃走した。

「ん……ぁ、ん」

だが、それを気にすることなく、ブラックウーズはフレデリカたちとの子作りを再開する。

突然のことに一瞬身を竦《すく》ませたフレデリカも、しかし絶頂に霞んだ頭ではそれ以上のことを考えることができなかった。

——ブラックウーズは、フィアーナとアルフィラを追わなかった。

# 第五章 ― 王城にて

王城内の空気が張りつめている――その日、フォンティーユの王城へ勤めているメイド、ティアナはそう感じた。

身長は、高い。パッドが入れられて膨らんだ肩から伸びる腕はスラリと長く、襟首《えりくび》から覗《のぞ》く首筋には無駄な肉はない。

厚い生地で作られた黒いワンピースに包まれた身体《からだ》はしなやかで、艶《つや》を含んだ容姿は人の目を惹《ひ》く。ところどころの肉づきは乏《とぼ》しいが、しかしまったくないわけでもなく、ワンピースに包まれた臀部《でんぶ》は形の良い上向き。もっとも男性に性的な魅力としてとらえられるであろう胸元は慎《つつ》ましく、まるで少女のソレ。

高い身長と、スラリとした肢体《したい》。目つきは鋭く、冷徹とすらとられそうな雰囲気《ふんいき》。

首の後ろでバレッタによってまとめられた髪は暗闇よりも暗く深い蒼色。

足には革のブーツを履《は》き、長いフレアスカートに隠された美脚を覗くことはできないが、その腰の細さから、どのように細く麗《うるわ》しい足であるかは容易に想像ができてしまう。

そのティアナは、頭上に戴《いただ》いたホワイトブリムをわずかも揺らすことなく、直立不動で部屋の片隅に立つ。その数は、六人。

その内の四人が、ティアナと同じ厚手の黒いワンピースと白いエプロン姿――メイド服に身を包み、女王レティシアの部屋に待機していた。

残りのふたりは、全身に鋼《はがね》の鎧《よろい》をまとい、手には同じく鋼の槍という物々しい姿である。


この部屋の主であるレティシアは、そんな六人の存在を意識することなく、部屋にある壁一面の窓から覗く王都を見下ろしている。

夕暮れ時。数千の民が暮らし、万を超える旅人がその足を休める王都、数十人が泊まっても余裕がありそうな大きな宿屋に、夜になるとまばゆく輝く歓楽街。

孤児院に教会。親のいない子供でも通える学校と、貴族の子女が通う学院。

鍛冶師《かじし》が集まる工業区に、田舎《いなか》の村人が運んできた野菜などが売られる市場。

それらは区画ごとに分かれ、それぞれの仕事に応じた者たちが集まる。それはエルフだけでなく、人間や獣人、ドワーフに妖精と様々だ。

これらはすべて、レティシアの夫――異世界から召喚され、そして異世界へと帰っていった勇者が考えた国造りの一環だった。

なにをどうすれば民の暮らしは良くなり、国が豊かになるか。黒髪の少年――別れる頃には青年と呼ぶほどに成長していた勇者を思い出し、レティシアは口元を綻《ほころ》ばせる。

魔導の国『フォンティーユ』の女王はレティシアであるが、この国の根幹……ここまで大きく発展させたのは、勇者の功績だ。

誰もがそう思っているからこそ、この国を魔導の国ではなく勇者の国だと言う者もいる。

だがそれは、ほかの二国も同じこと。昔の仲間、勇者とともに旅をした獣人の戦士と人間の神官が帰っていった国。

どの国にも、勇者の意思、勇者の考えが行き渡っている。フォンティーユだけではないのだ。

だからレティシアは、大臣たちが『勇者の国』と名乗ろうと言ってもたしなめる。

そんなことを言ってもほかの二国から笑われるだけだし――一緒に旅をしたふたりも認めてくれるだろうが、きっと勇者本人が認めない。

彼は平等な平和を望んでいた。三国が平等に。誰が上ではなく、手を取り合える関係に。

それは彼の夢――勇者の夢。

偽善であろう。平等などどこにもない。富める者と飢える者。貴族と平民。人間に獣人に亜人。種族や文化の違い。

様々な要因が、平等という言葉の邪魔をする。それは、勇者に心酔しているレティシアであってもわかっていることだ。

きっと、勇者本人でさえも、口では平等と言っても、永遠に平等など手が届かないものだとわかっていたのではないだろうか。

それでも、その夢を追いかけた。少しでも平等に近づけるように、様々な政策を打ち出した。そんな彼だからこそ、混じりものであるハーフエルフのレティシアは恋をした。

恋をして、共に国を支えることにした。

最初はそのことに反対していた大臣たちも、半年余りで大きく様変わりをした国を見るとなにも言えなくなり、一年が経つ頃には勇者の意見にふたつ返事で頷《うなず》くようになっていた。

あの変化はいま思い出しても笑えると、レティシアは口元を右手で隠した。

純白のドレスに身を包み、たおやかな笑みをこぼしながら窓を眺める美貌《びぼう》の女王。その光景は一枚の絵画にすら思え、見る者の心を奪う。

陽光を弾く艶《つや》やかな銀の髪に、桃色の小さな唇。エルフほど顕著《けんちょ》ではないが尖った耳と、エルフとしては珍しい赤色の瞳が窓に薄く反射する。

半分とはいえエルフの血を引いているレティシアの容姿は美しく、二児の母でありながらその肢体はいささかも崩れることなく引き締まっている。

それは、身にまとっているドレスの膨らみやくびれから、簡単に見て取れた。まるで果物がふたつ収まっているかのような胸元は大きく開かれて深い谷間を覗かせる。腰は細く、大の男が少し力を込めたなら簡単に折れてしまいそう。

しかし、そこから下がった場所に見える臀部は同じ部屋にいるメイドたちですら見惚《みほ》れてしまいそうなほど豊かにドレスのスカートを持ち上げている。

子を産んだことで母としての艶を帯び、わずかな所作《しょさ》で男を魅了してしまう。完璧《かんぺき》な美……レティシアは、そう言えるほどに美しい女王であった。

「お母様、ただいま戻りました」

その声に、窓から城下町を眺めていたレティシアは視線を室内へと向けた。茜《あかね》色に染まった室内は白を基調としていることで眩《まぶ》しいほどに陽光を弾く。

眩しさに少し目を細めると、左手を肩の高さにまで持ち上げた。

その動作にふたりの兵士が反応し、両開きのドアを開ける。

そこにいたのは、レティシアの娘。

メルティアとマリアベル。レティシアと同じ銀髪紅眼、だが母の胸元ほどまでの身長しかない年齢のわりには低身長であることを気にしている長女と、異界の住人である勇者——彼の黒髪と黒い瞳を受け継いだ長身の次女。

娘たちは通っている学院の制服姿そのままに、帰ってきたことを伝えにきていた。白襟の黒ローブに、頭には羽飾りのついた鍔広《つばひろ》帽子。古き良き、魔導士の正装。

厚ぼったい服装は女としての魅力を隠し、どこか野暮《やぼ》ったい。だからこそ若い娘たちには不評の制服ではあるが、レティシアとしては自分も学生時代……そして、勇者と一緒に旅をしていた頃は似たような服装を身にまとっていたので、そう悪いとは思っていなかった。

「ただいま帰りました、お母様」

長女のメルティアが帽子を外してから一礼をすると、その後ろにいたマリアベルも姉に倣《なら》うように帽子を外してから一礼をした。茜色の夕焼けに照らされた黒髪が、さらりと揺れる。表情が硬い、とレティシアは思った。

マリアベルは、人見知りをする性格だ。家族にはそれほどでもないが、しかし城勤めの騎士や兵士、メイドたちにすらどこか遠慮《えんりょ》というか、表情を硬くしてしまう。

姉の後ろへ隠れるように立っているのも、その性格だからだろう。女王であるレティシアの娘であるなら、いずれ貴族たちが集まる社交界に顔を出さなければならなくなる。

そうなる前に、弱気な次女の性格をどうにかできないか、と考えて苦笑した。

「お帰りなさい、ふたりとも」

そう言うと、部屋の中に待機している侍女や兵士たちへと視線を向けた。その意図を察した六人はそのまま部屋から退室する。

最後に、ティアナが音を立てないようにドアを閉めた。部屋の中が親子三人だけになる。

「学校はどうでしたか？」

口調はそのままに、だが先ほどよりも温もりを感じる声でレティシアが聞く。

その声を聞いて、メルティアが「疲れました」とひとこと返した。自分で椅子《いす》を引き、そのまま座る。

マリアベルは一瞬どう応えようか迷ったようで口ごもると、姉と同じように疲れたと言い、やはり姉を倣って椅子に座る。

そんな娘たちを見ながら、レティシアは部屋の中に用意されていたティーポットへ魔法でお湯を足すと、紅茶を用意する。家事とは言うほどではないまでも、これくらいのことを娘にしたいという親心とでもいうべきか。

旅先では料理のひとつもできないほど不器用だったが、結婚してからは紅茶の淹《い》れ方だけは勉強したのだ。お湯の温度や茶葉から色を出す時間。薫《かお》りを損なわず、美味《おい》しく淹れる方法。

娘が座るテーブルへ紅茶を運ぶと、こちらも用意されていたお茶菓子も一緒に並べる。

サクサクのクッキーと、勇者がいた異世界のお菓子。チョコレート菓子だ。

「わあ」

メルティアはチョコレートが大好きだった。口の中で甘く蕩《とろ》けて、幸せな気持ちになれる。

父親の世界では珍しくもないお菓子だが、このフォンティーユでは材料が珍しく、市場にはあまり出回っていない。食べることができるのは、貴族や一部の裕福な騎士たちのみだった。

「夕食前ですから、少しですよ」

「はあい」

メルティアとマリアベルが気のない返事をしながら、チョコレート菓子へと手を伸ばした。

指先で摘《つ》まみ上げ、上品に小さな唇を開くと、ひと口でクッキーと同じくらいの大きさがあるチョコレートを食べてしまう。

柔らかなほほ笑みを湛《たた》えた女王は、そんなふたりを愛《いと》おしそうに眺める。

幸せだ、と。

魔王は死んだが世界はまだまだ完全な平和とは言えないけれど、すぐ目の前に幸せがある。

愛しい人がいない世界だけれど、愛しい娘がいる世界。

忙しい毎日で娘たちをあまり構ってあげられないけれど、それでも愛している。

こんな毎日がずっと続くのだと。勇者が守った世界で生きていくのだと。そう思える。

「ふふ、甘い物が本当に好きですね――お父様も、甘い物を食べる時は本当に……心から嬉しそうにしていたのよ」

「そうなのですか？」

「ええ。まだ魔王が生きていた頃は、甘い物なんてほとんど手に入らなかったから……」

そうしてまた、昔話をする。娘たちの父、レティシアの夫。この世界を救った勇者の話を。

時折、こうやって勇者の話をすることで、愛しい娘たちにも父を愛してほしかった。自分と同じように愛してほしいとレティシアは思う。

召喚されたばかりの頃。一緒に旅をしたこと。

以前も何度か話したことと内容が重ならないよう気にしながら。女好きで、レティシア以外の旅の仲間へも色目を使ったことなどを。

鈴の音を連想される軽やかな笑い声が部屋に響く。人見知りをするマリアベルだ。

マリアベルは自分の黒髪があまり好きではない。それは、この世界で唯一自分だけがそうだから。異世界から召喚された勇者と、その娘であるマリアベルだけが黒髪。それは目立つというだけではなく、異端でもあるということ。

大人たちにとってマリアベルの黒髪は神聖な、勇者の証《あかし》。

子供たちにとっては、自分たちとは違う異端の証。

マリアベルには、もっと幼いころに他者とは違うということで苛《いじ》められた記憶がある。ほかの子供たちからしたら苛めというよりも奇異や好奇の視線を向けただけかもしれないが、それでもその記憶がマリアベルの人見知りの原点でもあった。

けど、そんなマリアベルの黒髪を見て懐かしそうに笑うレティシアは、娘の目から見ても綺《き》麗《れい》で、まるで御伽噺《おとぎばなし》で語られる女神様のよう。

レティシアとメルティア。美しい母と姉とはまったく違う自分。けれど、そんな自分と同じ特徴を持つ父親の話は、大好きだった。

自分ひとりではないと思えるし……いつか、この母がそうであるように、自分を心から好きになってくれる人が現れるのではと夢想できるから。

しばらくして、コンコン、と。軽く、控えめにドアがノックされる。

「レティシアさま。ドルイドさまがお見えになられております」

その報告に、レティシアは息を軽く吐いた。視線をふたりの娘へ向ける。

「ごめんなさい、メルティア、マリアベル。どうやら、お仕事のようです」

申し訳なさそうにほほ笑みを消して、レティシアが謝る。しかし、ふたりの娘は気にしていないと代わりにほほ笑みを浮かべて、席から立ち上がった。

そんなふたりの反応を見てから、レティシアも腰を上げる。

「構いません、入りなさい」

一拍の間を置いて、両開きのドアが押し開けられる。そこにいたのは、部屋の外へ控えていた兵士とメイドたち。そして……。

「失礼いたします、女王様。ドルイドでございます」

兵士やメイドに囲まれるようにして名乗った男……ドルイドは一礼した。隣に立つティアナよりもわずかに身長が低く、横幅ははるかに大きい。なぜか酷《ひど》く緊張しているように表情をこわばらせ、その額からは滝のように汗が流れている。

そんな男の隣に立っているティアナは表情を動かすことなく、内心では表情を曇らせていた。

ドルイド・ディーン。この国に住む一貴族でありながら王城に勤めている財務大臣。

大きな問題を起こす人物ではなく、本人は否定するだろうが——野心を胸の内に秘めても、それを行動に移せるような心意気はない。

王城へ勤めるということは、その身辺を完全に調べられる。ドルイドは、上辺の強気を見透かされた男であった。

だからこそ、この王国で財務大臣という職に就《つ》き、それなりに信頼もされていた。

自分の手に負えないことには手を出さないからだ。

それは不正——財の横領や王城に勤めている女には手を出せないということ。それを行ってしまったら、自分の分を越えてしまう。不正が発覚した際に自分だけでは対処できなくなってしまう……そのあたりを理解できてしまう男だからこそ、この役職に就いていた。

そして、自分の手に余るというのは、隣に立ち女王の身辺警護をしているメイドもだ。

メイドであっても、この城にただのメイドは勤められない。村娘上がりのメイドは、それこそドルイドのような好色の貴族が囲うもの。

王城——特に、レティシアの身辺に勤めるとなれば、剣術のひとつ、暗殺術のひとつでも得意でなければ務まらない。

先ほどレティシアの様子を眺めていた兵士も、王都にある闘技場で開かれた大会に優勝した猛者《もさ》であり、ティアナもまたフレアスカートの中には投げナイフ、エプロンドレスの袖《そで》には針と、服の中に暗器《あんき》を仕込んだ暗殺者上がりのメイド。

恰幅《かっぷく》の良い男は、ポケットからハンカチを取り出して額を拭《ぬぐ》った。みっちりと肉の詰まった腹に、脂《あぶら》ののった顎《あご》は首との境目がわかりづらい。

その腕が汗を拭くために動くと、肉が詰め込まれた服が悲鳴を上げたように見えた。

「これは、レティシア女王。それに、メルティア姫、マリアベル姫。ご機嫌麗《うるわ》しく……」

「ありがとうございます、ドルイド卿《きょう》。貴方《あなた》が訪ねてくるとは珍しいですね」

ドルイドはこの部屋が得意ではない。芳《かぐわ》しい華の薫りや見目麗しい女王は確かにドルイドの好むものではあるが、しかし女王を護衛する者達から歓迎されていない雰囲気《ふんいき》など苦痛でしかなく、いくら好むものを間近で見ることができても楽しめない。

レティシアから視線を外すと、床を見ながら口を開く。

「女王は、先日冒険者たちの依頼で仕事へと出たフィアーナさまをご存じでしょうか？」

「ええ、もちろん」

レティシアの記憶にも残るほど、フィアーナの武名は有名だ。魔王と人類の戦争における功績、エルフ族の中でも屈指の剣の使い手で、魔法技術も宮廷魔導士に匹敵すると噂《うわさ》される。暗殺を主とするティアナでも王城へ勤める前からその勇名は耳にしたことがあるほどで、そんなフィアーナほどの上級騎士へ命令を出すとなれば、彼女の上司にあたる騎士団長がレティシアへ報告している。

そのことをレティシアだけでなくこの場にいる全員が覚えていた。

「フィアーナがどうかしましたか？」

「いえ。フィアーナさまが戻られたのですが……不覚を取られたようで」

ドルイドがそう言うと、この部屋にいる全員が緊張した。

フィアーナが一介《いっかい》の盗賊《とうぞく》相手に不覚を取るなどと信じられなかったのだ。

「それで、フィアーナは？」

「いまは医務室に。アルフィラ殿と一緒に」

「……戻ったのはふたりだけなのですか？」

「はい。おふたりとも酷く憔悴《しょうすい》しておられ、依頼を勧めた私が報告に上がらせていただきました」

わずかに緊張の浮かぶ心情を隠すように表情には笑みを浮かべ、レティシアは部屋にいるふたりの娘を見る。

「メルティア、マリアベル。話の続きは夕食のあとにしましょうね」

「はい」

その言葉に異を唱えることなく、メルティアは頷《うなず》く。マリアベルは表情に不安の感情を浮かべてレティシアを見ていた。

ドルイドがなにを言っているのか、全部を理解できているわけではない。ふたりはフィアーナがどのような騎士なのか知らないし、不覚を取ったと言われても実感がない。

ただ、盗賊という言葉と、母親の緊張を感じての不安だった。

「大丈夫よ。なにも問題はないわ」

力強くそう言ってふたりへ笑みを向けると、レティシアは兵士とメイドを伴って部屋を出た。

「申し訳ありません、レティシアさま」

「良いのです、フィアーナ。貴女《あなた》とアルフィラが無事だったことを、いまは喜びましょう」

医務室にて、床に膝をついて頭を擦りつけんばかりに俯《うつむ》かせるフィアーナとアルフィラ。あの廃坑からほど近い場所にある村で保護されたふたりは、身なりこそなんとか体面を保てているものの酷く疲労していた。

フィアーナもアルフィラも、身体《からだ》を鍛えた騎士だ。大抵の苦境では音《ね》を上げないように訓練していても、それでも顔色が悪く、女王の前だというのに集中力に欠けている。

疲労と、軽度の栄養失調。村で保護された後は体力が回復する間も惜しんで行商人の馬車に乗り、王都まで戻ってきたのだという。

医師に容態を聞いて、レティシアは息をひとつ吐いた。

いくら国を治める立場にあるとはいえ、仲間や同胞《どうほう》が死ぬというのに心が動かされないわけではない。感情で行動することはないが、だからといってなにも感じないわけではないのだ。

「なにがあったか、報告は可能ですか？」

「……はい」

頭《こうべ》を垂れながら、フィアーナが返事をする。アルフィラは、黙ったままだ。

メイドであるティアナたちを除けば、この場でもっとも地位の低い彼女だ。話す資格がないとわきまえての無言であった。

フィアーナは説明する。魔法銀《ミスリル》の廃坑で魔物に襲われたことを。

魔物とともに、ふたりの人間が行動していることを。

そのふたりは女性の魔導士であることを。

その話を聞いたレティシアは、最初は驚いたように目を見開き——しばらくすると平静を装《よそお》って、その形の良い顎へと右の指を添えた。

魔物——忌《い》むべき敵。根絶やしにしなければならない存在……魔王の先兵。

その数は日に日に減っており、いまでは見かけることも稀《まれ》。

それもそのはずで、魔物は魔王から生まれる。逆に言えば、魔王でなければ魔物を生み出すことはできない。

その知識があるからこそ、おそらく探索の目から逃れたはぐれ魔物であろうとレティシアは考えた。……もう十数年も前に勇者の聖剣の一撃によって倒された魔王の姿を思い出す。

その時代から生きている魔物であれば、フィアーナが不覚を取るのも頷ける。そう考えて、首を一度だけ小さく縦に振った。

「そうですか……それで、その魔物は？」

「……スライムです」

「スライムごときに、フィアーナ様ともあろう方が遅れを取ったのですか……？」

それは、レティシアではなく彼女の背後に控える兵士のひとりからだった。彼の言葉を、レティシアが手を上げて制する。

別段あざけりの感情は宿っていない、純粋に驚愕《きょうがく》の気持ちからした質問だったのだが、そのひとことに唇を噛《か》むフィアーナ。

そう言われても仕方のないことだった。

廃坑へ誘い込まれて火の魔法を封じられ、岩壁に擬態《ぎたい》して囲まれた。いくら相手が知恵が回る魔物だとしても、他にやりようはいくらでもあったはずだ。

王都へ戻ってくるまで、ずっとそのことを考えていた。

そして――あの、廃坑の最奥で辛酸《しんさん》を嘗《な》めることとなった屈辱《くつじょく》と恐怖。フィアーナは女王の御前で頭を垂れながら、血が滲《にじ》むほどに唇を噛んだ。

あの廃坑を脱出して数日。魔力は回復しているし、身体は疲労を感じているがそれも数日も休めば回復するだろう。

「レティシア様」

「なんですか、フィアーナ？」

魔物へどう対処するか考えていたレティシアは、名前を呼ばれてフィアーナを見る。

彼女はあいかわらず頭を垂れたまま、しかしさらに深く頭を下げた。

「あの魔物の討伐《とうばつ》は、私にお任せいただけたらと」

「……その身体で、でしょうか？」

「叶うならば、いますぐにでも」

そう口を開くと、レティシアが一歩下がる。その意図を察して、女王の口元へティアナは耳を寄せた。

「いますぐに動かせる騎士は？」

「五十ほどかと」

フォンティーユが抱える騎士団。その総数は二千に届く。だが、それだけの数をすぐに動かせるものではない。人を動かすには、装備と遠征用の食料や馬などの準備が必要になる。

たかがスライム——不覚を取ったとはいえ、フィアーナを退けるほどの実力があるなら万全を期すのが得策だろうとレティシアは考えた。

「フィアーナ、アルフィラ」

「はい」

「はっ」

レティシアが名前を呼ぶと、ふたりとも鋭い返事をする。そこに、敗北の怒りや旅の疲労は感じられない。

「数日、身体を休めなさい。そのあいだに、騎士団から動かせる人員を揃《そろ》えさせておきます」

「……はい」

フィアーナの声音《こわね》が、目に見えるほどに沈む。それを感じて、レティシアは口元を緩《ゆる》めた。

「貴女は優秀な騎士です。次は魔物を討伐してくれると信じていますよ」

「はい」

もう一度だけ、深々と頭を下げるふたり。すると、その身体がわずかに傾いた。

「では、失礼します……ティアナ、貴女はふたりを見ていなさい」

「かしこまりました」

レティシアは、話は終わりと医務室を出ようとした。

だが、その背中にフィアーナが声をかけて呼び止める。

「まだなにか？」

「……人払いを、お願いしたく」

「――？」

「この情報がどれほどの価値があるかわからず、まずはレティシア様のお耳に」

そう言われ、レティシアはメイドたちと医師へ視線を向ける。なにを言われるでもなくレティシアたちを除く全員が退室すると、医務室の中には三人だけとなった。

「話しなさい」

「対峙《たいじ》した魔物ですが……その」

フィアーナは、話すと決心していたにもかかわらず、口を開くことをためらってしまった。

それもそのはずだ。ブラックウーズは、女を犯す。女を犯して、子を孕《はら》ませようとする。

王都へたどり着くまでに湖を見つけると、アルフィラとふたりで……恥辱《ちじょく》に塗《まみ》れながら膣内を洗浄したことを思い出した。時間が経ったいまでも涙が出そうになる。

だが、そんなことなど知らないレティシアは、不思議に思いながら先を急《せ》かす。

自分から話すと言って口ごもってしまったフィアーナを、不思議そうに見る。

「僭越《せんえつ》ながら、私からお話ししてもよろしいでしょうか？」

「アルフィラ……」

「許します」

「ありがとうございます」

そうして、アルフィラが説明したことは……レティシアにとっては異常な――それこそ、常識では感じられないことであった。

女を犯すスライム。子を産ませ、繁殖《はんしょく》する魔物。

――同じ女である女王、レティシアは怖気《おぞけ》の走る思いでアルフィラの説明を聞きながら、両の二の腕を手で押さえた。

「ふたりとも、よく無事に戻ってきてくれました……本当に、ご苦労様です」

「いえっ、そのような――私達は油断し、敗北し……仲間を死なせてしまいました」

「ですが、貴重な情報を持ち帰ってくれました」

レティシアは項垂《うなだ》れるふたりを労《ねぎら》い、ゆっくりと自分の気持ちを整理するために深呼吸をした。

「……その情報は、確かなのですね？」

「……私もアルフィラも、そのスライムに犯されました」

声を震わせながら、フィアーナが告白する。

その声音には嘘など含まれておらず、ふたりがレティシアを謀《たばか》っているという雰囲気《ふんいき》でもない。

「すみません」

「いえ、辛《つら》いことを告白させてしまい、申し訳ありません」

だからレティシアは、犯されたと告白させたことを謝罪し、視線を窓のほうへ向ける。

「そうすると、先ほど聞いたふたりの人間——冒険者でしたか。そのふたりは……」

「私たちが廃坑へおもむいた際には、複数のスライムが岩壁に擬態しておりました。おそらくそれらの一部……もしくはほとんどが、あの冒険者たちが産んだものかもしれません」

「——そうですか」

レティシアが、重苦しい声を出した。美貌《びぼう》はしかめられ、声には苦渋《くじゅう》が滲む。

魔物の大量発生。

それも問題だが——それ以上に厄介《やっかい》なのは、増えるということ。しかも、忌《い》まわしいことではあるが、女性を母体にして。

そう考えると、一刻の猶予《ゆうよ》もないと女王は考えた。女の子宮を利用して増える魔物など聞いたこともなく、そのようなおぞましい魔物を長く生かしておこうだなどと思わない。

魔王が勇者に倒され、魔物が増えることはない。そのはずだった。それが、レティシアの旅が終わった時からの常識だった。

その常識が、根底から覆《くつがえ》される。そんな、足元が突然揺らぐような錯覚《さっかく》を覚える情報に、女王の美貌がわずかに青くなる。

「わかりました。急ぎ、騎士団を動かせるよう会議を開きます。フィアーナ、貴女《あなた》はまず休息を。疲れているでしょうが……近く、また力を借りることになります」

「はい」

そう言うと、ふたりの身体から力が抜ける。疲労から倒れそうになり、女王の前で無様を晒《さら》すまいと気を張る。

そんなふたりへ労いの言葉をかけて去ろうとしたレティシアが、足を止めた。

「時に」

「なんでしょうか？」

「答えにくいでしょうが……貴女たちふたりは、大丈夫なのですね？」

その大丈夫がなにを意味しているのか、フィアーナもアルフィラもわからないわけではなかった。はっきりとしない質問に——しっかりとふたりとも頷く。

「王都へ戻る前に、ふたりで処理しました」

「……そうですか」

それだけを聞くと、今度こそ医務室から出ていくレティシア。

問われたのは——フィアーナとアルフィラは、魔物を産む心配はないのか、ということ。

ふたりは王都へたどり着く前に、見つけた泉で身体を清めていた。

もちろん、犯された陰部は念入りに。自分の指では届かない子宮の中までお互いの指どころか手首までを入れて洗浄し合ったことは、今後一生忘れることはないだろう。

レティシアが医務室から退室すると、入れ替わりに医師とメイドが入室してくる。

深い蒼色の髪を持つメイド、ティアナだ。疲労で立ち上がることもおぼつかないふたりに手を貸し、ベッドへ運ぶ。余程疲れていたのだろう、横になるとふたりはすぐに眠りについた。


レティシアからの指示でふたりを見守っているために窓際に立つティアナは、主がいなくとも鋭い視線を崩さず、ただどうしてフィアーナほどの騎士がスライムごときに後れを取ったのだろうと不思議に思っていた。

レティシアが事の顛末《てんまつ》……スライムの特殊性を伝えなかったのは、やはり同じ女の身。魔物に辱《はずかし》められたなど第三者に伝えていいか迷ったからだ。

同じ女としては当然の配慮《はいりょ》であろうが、やはりこの場合は――せめて、見張りを言いつけたティアナにだけでも伝えておくべきだっただろう。

先ほどまで茜《あかね》色に染まっていた空も、しばらくすると薄暗闇の逢魔《おうま》が時へと変わる。

医師が医務室に備えつけのランタンへ火を灯すと、柔らかな明かりが室内を照らす。

「魔物……まだフォンティーユ国内に生き残りがいたとは」

魔王が討伐《とうばつ》された昨今、魔物による被害は目に見えて減っていった。それよりも、騎士や冒険者崩れの盗賊たちが出す被害のほうが圧倒的に多いくらいだ。

魔王が討伐されたことで人が人を傷つける被害が増えるというのは、皮肉だろうか。

そう考えながら、ティアナはベッドへ横になっているふたりの騎士を見守っていた。

レティシアから言われたのは、フィアーナとアルフィラから目を離すな、ということだった。

魔物から逃げ帰った疲労で眠っているふたりから目を離すなというのはなんとも妙な命令であったが、メイドであるティアナに拒否権はない。

それに、ひと晩なにもせずに過ごすというのも苦ではなかった。

もう数年も前の話になるが、レティシアに雇われる前は暗殺者として過ごしていたティアナだ。それなりに名も知られていたし、技量にも自信があった。

なにより彼女が恐れられたのは、その集中力。狙った標的が通る場所に数日も潜み続け、相手が油断するまで待てる胆力《たんりょく》。それが彼女の強みであった。

たったひと晩。ただじっとふたりの寝顔を眺めていることなど、暗殺者時代の仕事に比べれば楽すぎるほど。

微動だにせず医務室の入り口そばに立っていると、しばらくして医師も退室した。エルフの彼は見た目こそ若いが、もうかなりの高齢であった。結婚もしている。

ふたりに異変があったら家を訪ねるようにと言い、発熱した際や起きて眠れないようならと効果が異なるいくつかの薬を渡して帰宅した。

やはり、ティアナは言われるままに薬を受け取るだけで、それ以上は微動だにしない。美貌を凜《りん》と引き締めて、直立不動のままふたりの寝顔を見ている。

……しばらくして、わずかに風の流れを感じた。

視線を向けると、窓がひとつ開いている。帰宅した医師が空気を入れ替えるために開けていたのだろう。

ティアナは窓を閉めるために医務室のドアから離れる。眠っているふたりから視線を外すが、こんな一瞬でなにか事態が急変するとは思えなかった。

開いた窓へ歩み寄ると、先ほど太陽が沈んだばかりの空にいくつかの星が瞬き始めていた。その星空をしばらく見上げてから、窓を閉める。

ただそれだけで、医務室の中は再度の静寂に包まれた。

どれくらいの時間が過ぎただろうか。

ランタンの明かりに照らされる医務室の中に、変化が起きた。わずかな変化だ。

アルフィラの呼吸が少しだけ乱れ、荒くなる。ティアナはアルフィラが眠るベッドへ歩み寄ると、女騎士の寝顔を覗《のぞ》き込んだ。

廃坑内でのことを悪夢として見ているのか、寝苦しそうだとティアナは思った。

すると、アルフィラから少し遅れる形で、フィアーナの寝息も乱れてきた。

「ぁ――ん……ぁぅ」

「はぁ……ぁ、ぁ……ぁ……」

ふたりの様子を交互に確認して、どうするべきかと思案する。アルフィラの額へ手をのせると、わずかにだが一般的な平熱よりも熱いような気がした。頬《ほお》も赤みが差している。

荒い息はまるで火がつきそうに熱くなり、ふたりの美女がもどかしげに身体《からだ》を揺する。ティアナにはない、豊かに盛り上がった胸がシーツと服越しに柔らかく揺れていた。

「ぁ――は、ぁっ」

まるで情事の最中に聞かせる喘《あえ》ぎ声のような吐息に、同性でありながらティアナはわずかに頬を染めてしまった。

「まったく」

なにを考えているのか、と。首を横に振って同じようにフィアーナの額にも手を当てると、こちらも熱い。やはり、頬も赤い。

先ほど医師から渡された薬のひとつをエプロンのポケットから取り出す。発熱した際に飲ませるようにと渡された薬だ。

ふたり分の薬を手に、飲ませるための水を探してふたりに背を向けると、べちゃ、と。自分しか動く者がいない医務室にはありえない異音が聞こえたような気がした。

何事かと振り返るが、特段変わった様子はない。

しばらく目を凝《こ》らして室内を確認して、聞き間違いであったのかと思う。これでも音には敏感なのだがと自分で思いながら、医師の机の上にあった水差しを手にする。

医務室に置かれていたコップに水を注ぎ、両手に持ってふたりに歩み寄ると、不思議なことにアルフィラの呼吸は落ち着いていた。

頬は赤みが差したままだが、少々荒い呼吸もすぐに収まりそうな気配だ。悪夢を見終わったのだろうとティアナは思い、とりあえず安心する。

フィアーナのほうはまだ呼吸が乱れているが、アルフィラと同じならこちらもしばらくしたら落ち着くだろう。

この調子では、ひと晩で何度か悪夢を見るのかもしれない……そう思って、息をひとつ吐く。

ティアナはフィアーナたちにそれ以外の異変がないことを確認してから、先ほどと同じように医務室の入り口そばに立った。

またしばらくのあいだ。特段変化のない、静かな時間。

……しかし、そんなティアナの頭上では、異変が起きつつあった。

それは、粘液。ランタンの淡い明かりに照らされた暗い室内に、蠢《うごめ》くソレ。

アルフィラの膣《ちつ》――子宮から生まれたスライムだ。ブラックウーズ本体の質量からすると小さなソレは、しかし懸命にティアナの視界の外を這《は》い、壁を上り、天井へと移動していた。

呼吸が乱れていたふたりは、この魔物を出産していたのだ。

液状の身体を持つスライムの出産は母体になんの苦痛も与えず、むしろ粘液の塊《かたまり》に膣壁全体を擦られ、快楽を覚えて出産する。

フィアーナとアルフィラが頬を染め、息を乱していたのはそのためだった。

王都へ戻る前に湖で身を清めたふたりだが、しかしその程度で受精したスライムを取り出せたわけではない。

本人たちはそれで大丈夫と思っていたが、子宮内で受精し、受肉し、恥垢《ちあか》や僅《わず》かに滲《にじ》んだ愛液を餌《えさ》にブラックウーズの子供は成長していた。

そうして生まれたスライムは天井を這いながら、ティアナの頭上へと到着した。無表情のメイドは頭上に陣取った魔物に気づいていない。

それもそのはずだ。いくら暗殺者の気配に敏感なティアナでも、室内には自分を含めて女が三人しかいないと思い込んでおり、スライムは音を立てない。

そんな状態で気づけというほうが難しい。

アルフィラから生まれ、ベッドから床へ落ちる際に発した音が最後の警告だった。

その警告に気づけず、それがなんの音であるか察することができなかった時点で、ティアナの結末は決まってしまっていた。

ブラックウーズの遺伝情報——精液を元に生まれたスライムは、しかしティアナの頭上という死角に移動しても行動に移らない。

ティアナと同じように、その場でなにをするでもなく待ち続ける。

しばらくすると、フィアーナの乱れた吐息も落ち着いた。彼女からもスライムが生まれたのだ。もしこれが覚醒《かくせい》しているときなら身体の異変に気づいただろうが、眠っていて、しかも苦痛もない出産となれば起きることは難しい。

しばらくすると、三人の呼吸音だけが響いていた医務室に、またベチャ、という音が響く。

もう一度聞こえたその音にティアナが反応し、警戒しながら医務室内を見渡す。

「え⁉」

意識が眠っているフィアーナ達に向いた瞬間、天井のスライムが彼女の頭へ落ちた。

純白のカチューシャを穢《けが》し、蒼色の髪へと染み込んでいく。

それには、いくら鉄面皮《てつめんぴ》のメイドでも表情を崩してしまう。驚いた顔で突然現れた粘着質なソレを手で触れ、なんとか引き剝《は》がそうとする。

「な、なに!?　なにこれっ!?」

いままでの怜悧《れいり》な雰囲気《ふんいき》など消え失せ、混乱のままに声を上げながら髪を触る。もちろんそれくらいでスライムを剝がせるはずもなく、ついにその粘液は顔にも垂れてきてしまう。

「いや!?　なによ、こ……れっ!?」

剝がれない――この、得体の知れない、気色の悪いモノが離れない。

潔癖症《けっぺきしょう》というわけではないが、しかし女として自分の髪が訳のわからない粘液に汚れるというのは生理的に嫌悪してしまう。

声を上げながら髪を触るティアナの姿は滑稽《こっけい》なほどおかしく、驚いて尻餅《しりもち》をついてしまった。

革のブーツを履《は》いた足、その美脚を覆《おお》うのは黒のストッキングだ。スカートがまくれ上がるとその奥にはストッキング越しにうっすらと派手な装飾の白下着が見え隠れする。

左右の太ももには細いベルトが巻かれており、そこには数本の投げナイフが用意されていた。鋭利なソレは悪漢やゴブリンのような下級の魔物であれば脅威《きょうい》であろうが、しかしスライムにとっては特段気にする必要もない道具。

軟体であるスライムに普通の刃は通用しない。体内にある核を破壊されたならその限りではないが、自在に核の場所を移動できるので粘液で守られるとどうしようもないのだ。

魔法の使えない相手の天敵。しかしそれでも、松明《たいまつ》やランタンの火で簡単に殺せるほどに弱い魔物だからこそ、最下級に分類される魔物だ。

そもそも、自分の頭を穢しているのがスライムだとは思わず、ティアナは混乱しながら——床を這うもう一匹。先ほどフィアーナから生まれたスライムを視認すると同時に、太もものベルトにあるナイフを抜いて投擲《とうてき》した。

熟練の元暗殺者から放たれたナイフは狙い違わず床を這うスライムを貫き——しかし、核を傷つけることができずに無傷で終わる。

突き刺さったナイフを床に捨て、スライムは尻餅《しりもち》をついたままのティアナへと這い寄る。

革のブーツに得体の知れない軟体がへばりつくと、ひっ、とティアナは悲鳴を上げた。

ブーツを脱ごうと髪を濡らすスライムから手を離す。

「なに!?」

するると、今度は頭にへばりついていたスライムが無防備な唇へと殺到し、口を塞《ふさ》ぐ。

「んぐぅ!?」

頭上のスライムは口を覆い、足元から這い上がってくるスライムは革のブーツを越えてストッキング越しにティアナの美脚を穢す。その気色悪さ、おぞましさに悲鳴を上げようとすると、口内のスライムをより深く咥《くわ》え込んでしまい、激しくむせた。

革のブーツが床を蹴《け》り、激しい音を鳴らす。

必死に、助けを求めるように暴れるティアナは、眠っているフィアーナたちを多少手荒に扱ってでも起こそうと、太もものベルトに差していたナイフへ手を伸ばした。

怪我《けが》をさせるつもりはない。柄を向けて投げれば大丈夫だろうと混乱した頭で考えながら――ナイフを抜こうとして手の感覚がおかしいことに気付く。

力が入らないのだ。小さく痙攣《けいれん》する指先は痺《しび》れて、まるで神経が剝《む》き出しになってしまったかのように敏感。……その鋭痛に驚いてしまう。

「んーっ!!　んぅ!?」

（な、なんで!?）

内心で驚いていると、もう一匹の粘液がティアナの右足を伝って上ってくる。

それがなにを意図しているかティアナにはわからないが、しかし得体の知れないモノに身体を這われることに気持ちの悪さを覚えない女はいない。

スカートが乱れるのも構わずに足を暴れさせて、足を這うなにかを追い払おうとする。ストッキング越しに膝まで上ってきたことを察すると、足をすり合わせてそのナニカを潰した。

「うん!?」

なんとも形容しづらい、まるで腐った肉を膝で潰したような気色悪さ。背筋に冷たい氷を投げ込まれたような気持ち悪さを覚えて、口を封じられながら悲鳴を上げる。

そこにはもう、数年前までは幾人もの命を奪った、冷徹な暗殺者の顔はない。

氷のように冷たかった視線は恐怖に震え、眦《まなじり》に涙を溜めている。純白だったカチューシャと白い肌を穢す粘液が、彼女の恐怖を物語っているようにも見える。

そんなティアナの足を、膝で押し潰されたはずのナニカが這い上がってくるのを感じた。もともと軟体のスライムを、足で潰した程度で止めることなど不可能なのだ。

暴れることでさらにスカートがまくれ上がり、ついに太もも部分までも晒《さら》してしまう。

そこには——ランタンの淡い明かりを呑《の》み込むような、黒い淀《よど》みが這っていた。

「——っ!?」

スライム。

もうずっと昔。魔王が健在だった頃は世界に溢《あふ》れていた魔物。

フィアーナたちが破れ、しかしそれでも心中で最下級の魔物だと嘲《あざけ》っていた存在。それが、自分の足を這い、口元を覆っている正体であった。

(なんで!?　なんでこんなモノがここに!?)

そう混乱しているあいだにもスライムは足を這い上がり、口内に侵入しているモノは我が物顔で舌や頬《ほお》の裏を刺激してくる。

「んぅっ——んぁ!?　んぅ……」

鼻からの呼吸だけでは酸素が不足し、意識が朦朧《もうろう》となり、次第に思考力が低下していく。

力強く石床を蹴っていた足も痺れだすと、ついには投げ出すように脱力してしまった。

ティアナは自分の身体が自分のものではないような——そんな違和感を覚えてしまう。

口内から摂取《せっしゅ》した麻痺毒《まひどく》が嚥下《えんげ》され、体内から全身へと回ったからだが、もちろんそんなことをティアナが知るはずもない。

だが、そんなティアナの状態など気にしないスライムは、そのまま下半身を覆う。ストッキングと紐のような白ショーツの守りを液体が染み込むように通り抜けると、服を着たままだというのに陰部へ気色の悪い感触が広がった。

「ひ、ゃ――」

酸欠気味で頭がふわふわするような脱力感を覚えながら、ティアナは荒い呼吸を繰り返す。

頭部のスライムは、そのまま顎《あご》、首筋、胸元へ粘液の跡を残しながら、襟首《えりくび》から服の中へと消えていく。

服に守られていない胸元をスライムが直接這うという気持ち悪さに悲鳴を上げようにも、声が出ない。呼吸に合わせて忙しなく上下する胸に、粘つく粘液が染み込むような感触がした。

「いやっ」

ティアナは悲鳴を上げようとするが、口を塞がれているのでくぐもった声しか出なかった。

だがそれでも懸命に声を出そうとすると、下着を咥え込んでしまうほどに豊かな臀部《でんぶ》とは対照的に、肉づきの乏《とぼ》しい胸へ気持ちの悪い感触を覚える。

スライムが服のさらに下へと潜り込んで、肌に直接触れたのだ。そのまま、それこそ下着のように胸を覆うと、薄い胸全体をまんべんなく揉《も》み始める。

「ひぅ——や、やぁ……」

熟練の男娼《だんしょう》を連想させる巧みさと、性に飢えた大男のような力強さ。濡れた粘液は舌のように肌を舐《な》め、複数の男達から同時に胸全体を嬲《なぶ》られているような刺激はティアナがいままで感じたどんな性技よりも胸を熱くさせた。

緩急をつけた刺激に息が荒くなるのを自覚させられながら、投げ出された足が勝手に反応してしまう。カツ、カツ、と。革のブーツが石床を蹴ると、乾いた音が医務室の中に響く。

（くっ、ひぅ。……やめなさい——やめてっ）

身体は動かないというのに、意識ははっきりしているという地獄。自分がこんな状況で性的な興奮を覚えていると自覚させられる屈辱《くつじょく》に、顔が赤くなる。

冷徹な女の瞳に怒りの感情が浮かぶ。だが、どれだけ怒ろうが、それで身体が動くというわけではない。

感情ではないのだ。毒。自由を奪う毒。それがティアナを蝕《むしば》み、抵抗する力を奪っている。

「んぅう、んむぅうぅう!?」

抵抗しない獲物に気を良くしたのか、胸を嬲るスライムが薄い胸に浮いた小さな乳首と、下半身のスライムが包皮に包まれた陰核《いんかく》を強く摘《つ》まんだ。

特に陰核は包皮から押し出され、敏感な肉真珠を粘液の中に曝《さら》け出してしまう。

全身が強く震え、ティアナのスレンダーな肢体《したい》が、まるで陸に上がった魚のように跳ねた。

（く、そっ――くそっ、く――――ひっ）

冷徹だった仮面の下ではありえないような悪態を吐くと、今度は粘液が膣《ちつ》の入り口へわずかに入り込む。

麻痺しているはずの腰が大きく震え、黒いストッキングと白のショーツが丸見えになるのも構わず、肢体が勝手に反応して何度も腰を振る。

口を塞がれたまま暴れたことで、段々と思考が白くなっていく。

（まず、い――い、き……が）

酸欠。暗殺者として活動する前に、自分よりも優れた相手に師事していた時があった。

その際に何度も味わった酸欠からの気絶の瞬間……それが近付いてくるのがわかってしまう。

それからしばらくして、医務室の床にティアナは転がっていた。……気絶したのだ。

そうして下半身のスライムは、ようやく抵抗を失くした母体のいちばん奥へと侵入していく。

固く閉ざされている子宮口を押し開いて侵入。何者にも穢されていない子宮の中は恥垢《ちあか》に塗《まみ》れ、汚れていた。

もちろん、このような場所を洗浄する方法などないのが当然であるのだが、スライムはその子宮の壁に付着している恥垢を丁寧《ていねい》にすくい取り、吸収していく。

そのたびに気絶したティアナは身体を震わせた。

そして最悪なことに、この場にはまだ、胸を犯していたアルフィラから生まれたもう一匹のスライムがいた。

それは、フィアーナから生まれたスライムが子宮を占領したことに気づくと、どうするべきかと考えるように一瞬だけ動きを止めた。

まず行ったのは、後処理だ。思考などないような単細胞生物は、なにを思ったのか先ほどティアナが投擲《とうてき》したナイフを器用に引き抜くと、うつ伏せのまま足を開いて無様に痙攣を繰り返しているティアナの太ももに巻かれたベルトへと収めていく。

触手の動きは器用で、気絶したティアナを刺激しないようにナイフを収め、そして窓際の壁へ背を預けるような体勢になるよう移動させる。……そして、もうひとつの穴へと向かった。

肛門《こうもん》だ。

子宮はフィアーナから生まれた触手が入っているので、別の穴に入り込もうとする。

膣を愛撫《あいぶ》していたスライムのように液状の身体を利用してストッキングを透過すると、肉づきの良い尻肉を左右に割る。

ストッキング越しに、紐のように細い純白のショーツと、そんなショーツでは隠しきれていないすぼまりが顔を覗《のぞ》かせる。

「……ん、ぁ……」

そこに、液状になったスライムが侵入していく。

眠るフィアーナとアルフィラ、そして——壁に背を預けて気絶するティアナだけが残る。

ただ、冷徹な元暗殺者のメイドが眠っている……そうとしか見えない空間だった。

ティアナが目を覚ましたのは、それからかなりの時間が経ってからだった。

もう、窓の外は白み始めている時間帯。ほぼまるまるひと晩を気絶していたのだ。だが、普段から夜間も女王の護衛をしているティアナはあり得ないと自問する。

どうして自分が眠っているのか……そのことを考え、昨晩を思い出すと勢いよく上体を起こした。周囲を見渡すが――しかし、昨晩自分が襲われた痕跡は特にない。

スライムの粘液に塗れていた服は乾き、ホワイトブリムも汚れていない。少々はしたないがスカートを捲《めく》ってその下を確認しても、ストッキングは乾いてしまっている。

ただ、ショーツはまだ半渇きで気持ち悪いのだが……しかしそれは、夢を見て濡らしたと言われても納得できてしまう程度。

……しかし、夜に慣れた自分が仕事を放棄して眠るだろうか。

そう考えると、首を横に振る。そんなことなどいままでなかったし、きっとこれからもないと断言できる。

ふと医務室の床を見ると、昨晩混乱しながら投げたナイフは見当たらない。

スカートの中を確認して、そこに隠しているナイフがすべて太もものベルトへ収まっていることを確認すると、余計にティアナの混乱は深まった。

（……夢？）

ありえない、と。昨晩とはうって変わって、いつもの鉄面皮《てつめんぴ》を表情に貼りつけながら身体のあちこちを触るティアナ。しかし、やはり変なところはない。

床から立ち上がると、かつ、と革のブーツが乾いた音を立てた。

そんな調子で身体の変化を確かめていると、その音が気になったのかフィアーナが身動《みじろ》ぎをした。荒事のために身体を鍛えた騎士だ、わずかな物音にも反応するのだろう。

そう思うと、余計に昨晩のことが夢だったのかと思えてくる。

あれだけ——思い出すのも恥ずかしいが……暴れたというのに、アルフィラどころかフィアーナが起きなかったのだ。

だとすると、それだけ自分が……溜まっているというのか。

平穏や日常などとは無縁と思っているが、しかしそれでもティアナは年頃の女だ。自分が夢に見るほど変な想像をしていると思うと、恥ずかしい。

鉄面皮の頬に、わずかな朱が差した。だが、それもまだ薄暗い医務室内では誰も気づかない程度。そもそも、いまこの部屋で起きているのはティアナだけなのだ。そう思ってため息を吐くと、頭を軽く振って思考の中から桃色の妄想を破棄した。

（そもそも、魔物に襲われるというのが変なのよ……）

魔物にとって人は獲物であり、餌《えさ》だ。殺されるならともかく、どうして魔物が女を犯すのか。

そんな夢。根本から色々と間違っている。

馬鹿らしい――そう思うと同時に、情けなさで泣けてきそうだ。もちろん、泣かないが。

深く深くため息を吐くと、元の鉄面皮へと戻る。

腑《ふ》に落ちなかったが、他に説明しようがない。今度こそフィアーナたちから目を逸《そ》らすことなく医務室の入り口そばで背筋を伸ばしてじっと立つ。

それからしばらくして、医務室の入り口が開いて昨日の夜に別れた医師が顔を出した。

昨晩のことを聞かれたが、特に問題がなかったことを伝えるとそうかとだけ言って執務机へと向かって仕事を始める。

フィアーナたちは疲労で眠っているだけだ。それほど心配していなかったのだろう。

（お休みをいただこうかしら……）

窓の外を見ながら、心中で呟《つぶや》く。しっかりと睡眠をとった瞳を太陽のまぶしさに細めると、わずかな衣擦《きぬず》れの音。

その音がしたほうへ視線を向けると、昨日よりも顔色の良いフィアーナとアルフィラがベッドの上で上半身を起こすところだった。

医務室から借りた貫頭衣《かんとうい》を豊かに持ち上げる胸が、その柔らかさを存分に伝えるように揺れる。下着を着けていないのか、厚手の貫頭衣だというのにその揺れは顕著《けんちょ》だ。

まるでふたりが目覚めるのを待っていたかのようなタイミングで、医務室のドアが開いた。

現れたのは長い桃色の髪を邪魔にならないよう首の後ろで束ねた、年齢不詳のメイド長。ティアナの直属の上司である。

彼女は入り口のそばで待機していたティアナを一瞥《いちべつ》して、次にフィアーナ達へ向き直って一礼する。

「おはようございます——体調はいかがですか、フィアーナ様、アルフィラ様」

「はっ。問題ありません」

礼儀《れいぎ》正しい態度にフィアーナたちもベッドから立ち上がり、身を正す。

「女王様より、おふたりを玉座の間へ案内するよう言付かっております——お着替えはこちらに」

「はっ」

フィアーナとアルフィラは返事をすると、メイド長から着替えを受け取った。青い布地の服に、金や銀の刺繍《ししゅう》が施《ほどこ》された騎士の礼装だ。アルフィラの服は、刺繍が少ない。

「ティアナ」

「はい」

医師が退室し、フィアーナ達が着替えを始めると、メイド長がティアナを呼んだ。

「昨晩はお疲れさまでした」

「いえ」

「疲れたでしょう。今日は休んでかまいません」

「……それは、丸一日でしょうか？」

「ええ。ゆっくり休みなさい」

それだけを言って、フィアーナとアルフィラが着替えるのを待ってからメイド長も医務室を後にした。そのふたりに一礼をして見送ってから、昨晩から身体《からだ》の調子がおかしいと思っていたので、ちょうど良かったという安堵《あんど》の吐息をティアナは漏《も》らす。

こういう、自分でも気づかない疲労というのが、いちばん厄介《やっかい》なのだ。

「ん――」

踵《きびす》を返して部屋へ戻ろうとすると……少し息が上がっていることに気づいた。

（……せっかくの休みだけれど、寝ていようかしら）

やはり自分の体調はどこかおかしいようだと、自己分析。割り振られている部屋へ戻ると、ティアナはゆっくりと深く息を吐いて全身から力を抜いた。

メイドとはいえ相応の実力を持ち、女王つきであるティアナには小さいながら個室が割り振られていた。

服を収納する木製のクローゼットにサイドテーブル。テーブルに合わせた椅子《いす》が二脚だけ。

ベッドに向かいながらホワイトブリムを取り、蒼色の髪をまとめていたバレッタを外す。肩まで伸びた髪が解放されて揺れると、それだけで肩が軽くなったように感じた。

「ふう」

身を軽くしてからベッドへと腰を下ろす。みっともないと思うが、座ったままエプロンの腰紐を解き、そのまま首の後ろへ手を回してワンピースのボタンも外していく。

背中にあるボタンを全部外し終えると、首元が解放されたことに頬《ほお》を緩《ゆる》める。

もう数年。暗殺者稼業《かぎょう》から足を洗ってメイドとして王城に勤めるようになってからそれだけの時間が経ったが、この仕事服から解放される瞬間こそいちばん気が緩むとティアナは思う。

ゆっくりとした動作でワンピースを脱ぐと、下着の支えなど必要ないのではと思うほどに慎《つつ》ましいふくらみが現れる。

ショーツと同様に、細かな意匠《いしょう》の施された純白の下着だ。白の生地に黒レースの意匠。胸のふくらみのせいで美しいよりも可愛《かわい》らしいという印象が先に立つ下着である。

下もストッキングとショーツという格好になると、ようやく仕事が終わったのだと安心する。

普段は冷徹で完璧《かんぺき》なメイドであるが、私室ではかなりだらけた生活を送っているのがティアナだ。脱ぎ散らかしたメイド服もそのままに、ベッドへうつ伏せになると枕を胸に抱く。

常夏《とこなつ》というほどではないが、年中が比較的暖かな世界だと下着一枚という姿でも寒さを感じることはない。

——そうしてベッドに横になると、全身から力が抜けていった。

先ほどから、どうにも身体の調子がおかしい。妙な夢の影響か、それとも医務室で倒れてし

まった影響か。どちらにしても、このまま一度眠って疲れを取ろう。

そう考えていると、不意に便意にも似た臀部《でんぶ》の疼《うず》きを感じた。

それほど強くない。わずかに身動ぎをするだけで、忘れてしまうような疼きだ。ベッドへ横になって眠そうにしていたから、特に気にしない。

変だとティアナは思った。

枕を抱いていた腕を腹部へ持っていくと、不自然なほどにお腹が張っている。空腹は、感じない。よく考えると、昨夜からなにも口にしていないのに空腹を感じない。

「………」

不審を感じながら腹部を軽く撫《な》でる。無駄な贅肉《ぜいにく》のない、引き締まったそこにはくびれた腰と、わずかな腹筋が浮かぶ腹部がある。

仕事は忙しいが、それでも美容と健康に気を遣うのは淑女《しゆくじよ》のたしなみ。自慢の肢体《したい》は今日も美しい――はずなのに、なにかがおかしい。

「ぁっ、ぁ――ぁ……ぁぅっ……」

ぷす、と。放屁交じりの泡立《あわだ》った粘液が肛門《こうもん》から溢《あふ》れ出し、その瞳が驚愕《きようがく》に見開かれる。

自分の肉体の変調に混乱してティアナはベッドの上で身体を丸めると、黒ストッキングの後ろ部分が段々とその色を濃くしていく。

（な、なに……!?　わ、私になにが起きているの!?）

肛門から這《は》い出たスライムはそのままティアナの染み一つない白い背中にまで広がっていく。

その量は、ティアナの下半身くらいなら飲み込んでしまいそうな量。アルフィラから生まれたスライムが、腸内に溜まっていた排泄物《はいせつぶつ》を取り込んで成長した姿だった。

さらに、分泌された麻痺毒《まひどく》を直腸で吸収し、あっという間に全身に影響が出る。

下着姿を無防備に晒《さら》し、ベッドへ横になったまま指一本動かせない。それはまるで、これから指圧の施術《せじゅつ》を受ける直前の、患者の姿にも見えた。

ぬちゅ、ぬちゅ、と。親指ほどの太さに割り開かれた肛門の皺《しわ》は痛々しいほどに伸びきっているというのに、毒で全身が痺れる女の顔に痛みの色はない。

今度は膣からスライムが溢れ出し、ティアナの美しい肢体が黒い粘液に覆《おお》われていく……。

# エピローグ ── 次の戦いへ

女王であるレティシアが玉座に座っていた。
それほど豪奢《ごうしゃ》というわけでもない玉座だが、しかし女王が座するに相応《ふさわ》しい作りとなってお
り、宝石などはちりばめられておらずとも見目良い細工が施《ほどこ》されている。気が遠くなるような
昔に作られたその玉座は、この国の至宝と数えられている宝物の一つだ。
壁にはステンドグラスを思わせる色とりどりのガラスが張られ、陽光に光に色を添える。
石造りの壁は冷たさを感じさせるはずなのに、この部屋は壁に刻まれた古いエルフ文字の魔
法によって人が過ごしやすい適温で整えられていた。
そんな玉座に座するレティシアを戴《いただ》くように、真っ赤な絨毯《じゅうたん》の敷かれた床を挟むかたちで
十数人の男女が立っている。
白銀の全身鎧《よろい》に身を包んだ初老の騎士団長。見た目はアルフィラとそう変わらない年齢の
青年騎士が数名に、骨と皮だけとも見えそうな細い老貴族。……もしくは肥《こ》え太った貴族たち。
その十数名は、女王の言葉を待つようにわずかも動かず、直立不動。だがしかし、その視線

は女王を捉えていない。真っ赤な絨毯へ膝をついて頭《こうべ》を垂れるフィアーナとアルフィラを見下ろしていた。

少し離れた窓のそばに、数人のメイドが控えている。医務室でティアナと話していたメイド長である、桃色髪の女性もそこにいた。

「フィアーナ、面《おもて》を上げよ」

騎士団長の男が言う。その言葉へ従い、ふたりが顔を上げた。

「ふたりとも、身体《からだ》の調子はどうですか?」

「レティシア女王。ご心配をおかけしてしまい、申し訳ございません」

朝、医務室でも問うた言葉。それを人前で問うと、フィアーナが返事をする。アルフィラは、声を出すことなく、フィアーナより一歩下がった位置で視線を床へ向けていた。実際にはまだ身体が重く感じるし、精神的な……魔物に犯されたという記憶は消えていない。

それでも、自身の状態や感情を口にすることなく、女王が望む言葉を口にする。すると、レティシアはそうですかと呟《つぶや》いて、わずかに目元を緩《ゆる》めた。

ここで表情に出せるほど顔を綻《ほころ》ばせることができないのは、人の上に立つ者の苦痛か。これから言わなければならないことを考えると、レティシアはため息を吐きそうになってしまう。

「グリディア」

「はっ」

レティシアに名前を呼ばれ、騎士団長が一歩前へ出る。そのままレティシアへ一礼をすると、フィアーナたちへと向き直った。全身鎧が、乾いた音を立てる。レティシアの声が響いていた玉座の間に、その音が響く。

その乾いた音を聞きながら、フィアーナは騎士団長へと視線をまっすぐに向ける。

「フィアーナとアルフィラには、本日の昼から出発する魔物討伐《とうばつ》隊に同行してもらう」

「――――」

「これは、女王レティシア様からの命である。異論は？」

「ありません」

王城へ帰ってきて一日。いや、昨日の夕方に帰ってきたので半日ほど。たったそれだけの休息で大丈夫なのかと、この場にいた貴族たちが小さな声ながら周囲の仲間たちと話している。

内容はどれもが一様に、またフィアーナとその従騎士が出るのか、という話だ。

その声、そして視線にあるのは不信。一度任務に失敗したふたりをまた討伐隊に組み込むことへの不安。そんな視線を向けられながら、フィアーナは頷《うなず》いた。

「アルフィラは？」

「喜んで、任務をお受けします」

その返事に満足したよう頷くグリディアと呼ばれた騎士団長。

「質問を、よろしいでしょうか？」

「許可します」

フィアーナの言葉に、レティシアが返事をする。

「ありがとうございます……同行とは、どういうことでしょうか？」

「フィアーナ。おまえの剣術、魔法の腕は知っている。だが、一度不覚を取り、しかも充分に休めていないのだ。おまえとアルフィラには、討伐隊への同行、そして作戦案件へ意見を出してもらう」

作戦案件への意見。要は、一度戦った魔物なのだから、フィアーナたちの意見を元に作戦を立てて効率よく討伐しようという考えだ。

相手が魔物だと口では言っても、あの異様さ――擬態《ぎたい》による不意打ちや、魔法を使うという特異性は口で説明しても信用されるのは難しい。スライムは最下級の魔物……その前提があるからこそ、油断や慢心が生まれる可能性が高いとレティシアとグリディアは思っていた。

「討伐隊の指揮官は？」

「それは――」

「魔物討伐の指揮は、私が」

グリディアの言葉を遮《さえぎ》るように、その隣に立っていた騎士が一歩踏み出す。年若い――アルフィラよりもいくらか年下の青年だ。だが、身長は高く、兜《かぶと》を脱いで晒《さら》している顔は美形。無造作《むぞうさ》に伸ばされた金髪が窓から差し込むステンドグラスに照らされてきらめき、碧眼《へきがん》は笑みを浮かべるように細められている。そして、フィアーナと同じく長く伸びた耳。

見た目は二十代前半だが、その実年齢は数倍はあろう。エルフの青年。その顔に、フィアーナは見覚えがあった。自分と同期の騎士だったからだ。

剣術よりも魔法が得意な彼の強さは知っている。だから、フィアーナはそれ以上なにも言うことなくもう一度質問のために上げていた頭を下げた。

「了解いたしました」

「よろしくお願いいたします、フィアーナ殿」

「こちらこそ、よろしくお願いいたします。フレリア殿」

そう言って、元の位置へ戻るフレリアと呼ばれた青年。

それを待ってから、コホン、と骨と皮だけとも思えるやせ細った貴族が咳払《せきばら》いをした。

いつ倒れてもおかしくない……そう思えるほどに細い貴族だが、その足は意外なほどにしっかりと身体を支えている。彼は一歩を踏み出すと、大仰《おおぎょう》な仕草でレティシアへ一礼をして、そのままさらに大仰な仕草で声を張り上げる。

その、細い見た目からは想像もできないような高い声だった。

「それで、フィアーナ殿。あなたは魔物を見たそうですが、それは真なのでしょうか？」

「グイン卿《きょう》。その言葉は、この討伐をお決めになった女王を疑う言葉では？」

フィアーナへの質問に答えた……というには攻撃的な言葉を向けたのは、騎士団長であるグリディア。初老の騎士団長が鋭い視線を向けると、吹けば飛ぶような細い貴族はその視線をどこ吹く風とでも言うように軽々と受け流してフィアーナを見る。

また、フィアーナは顔を上げた。

「真実でございます」

「左様《さよう》ですか。もちろん……疑うわけではございませんが、騎士の命も安くはない。そのことを肝《きも》に銘《めい》じていただければ」

「はっ」

それは、前回の失敗で命をなくした騎士たちのことを指した言葉だ。そのようなことはフィアーナも理解している。

この身を穢《けが》された。仲間を奪われた。いろいろな感情がない交ぜになりながら、フィアーナはもう一度頷いた。そんなフィアーナを見下ろしながら、細い貴族は口を閉じる。言いたかったのは、それだけのようだ。

代わりに、今度は肥え太った貴族が一歩前へ出る。ドルイドだ。

彼は、昨日メイドへ向けていた視線とはまったく違う、強気を装《よそお》った目でフィアーナを見下ろしている。周囲に自分と同じ貴族出身の人物が複数いるからだろう。

「フィアーナ殿。次は、その魔物に勝てるのですか？」

でっぷりとした腹が一歩動いただけで揺れる。大きな指に嵌《は》められた豪奢な指輪が、陽光を弾いてきらめく。そんなドルイドを膝をついたまま見上げると、またフィアーナは顔を伏せる。

「勝ちます」

「騎士を揃《そろ》えて動かす。それだけでも莫大《ばくだい》な金が必要になり、もし前回のように全滅になどなったらどれだけ家族へ金を払うことになるか……」

「ドルイド卿」

騎士フレリアがその名前を呼ぶが、ドルイドは一瞥《いちべつ》しただけでフレリアから視線を逸《そ》らす。醜《みにく》い自分の容姿とは正反対の美形騎士のことを、彼は心底から嫌っていた。

「騎士団を運営するにも、動かすのにも資金が必要になるのですから。そしてその資金は湯水のごとく湧くのではなく民草《たみぐさ》の血と涙の結晶ですよ、フィアーナ殿」

「……はい」

フィアーナが。あの凛《りん》とした、白い聖女を連想させるエルフの女騎士が、力のない声でドルイドに返事をする。

力なく伏せられた顔。美しい翡翠《ひすい》色の髪が伝う耳元と頬《ほお》。わずかに覗《のぞ》く首筋。白い肌。匂《にお》いが嗅《か》げそうなほど近くで無防備な姿を晒《さら》す女。

女王の御前へ出るために最低限の身だしなみとして仕立てられたドレス姿のフィアーナをじっとりと見ながら、ドルイドは一度咳払《せきばら》いをした。

「ドルイド卿。女王の御前で、それ以上の言葉は……」

止めたのは、先ほどフィアーナへ苦言を呈した痩《や》せ細った貴族であった。ドルイドの隣に並ぶように立ち、左腕の袖《そで》を軽く引く。

そこで、ようやく我に返ったように視線をわずかに上げてフィアーナのうつむいた顔を見た。

「失礼いたしました。女王の御前で、お耳汚しを」

「いいえ、ドルイド卿。貴方《あなた》が言っていることも正しいのですから、そう卑下《ひげ》せずともよい」

「寛大なお言葉。ありがとうございます」

そう一礼すると、先ほど立っていた場所へと戻るドルイド。まるで運動したあとのように肩が上下に揺れ、先ほど以上に大量の汗が額を光らせる。

そんなドルイドに強い視線を向けるのは、騎士の全員だ。

ドルイドの言ったことは正しいのだろう。騎士団を運営する。騎士を動かす。それには確かに金が必要になる。ただの冒険者と違って、その装備にだって相応の物を使用しているのだからしょうがない。

だがそれでも、女王の御前で同じ騎士であるフィアーナをけなすような言葉を言われたことに腹が立つ。

そんな視線に晒されたドルイドは、先ほどとはうって変わって視線を逸らしてしまった。

ドルイドやほかの貴族たちとて、フィアーナの言、レティシアの命令を信じていないわけではない。

しかし、魔王が倒されてかなりの時が立ち、魔物の被害も目に見えて少なくなった。いまでは、魔物を見るほうが珍しい時代。

そんな世に魔物が現れたと言われても、危機感を抱けないのが普通である。むしろ、魔物よりも盗賊《とうぞく》や山賊《さんぞく》、人の悪漢による被害が多いのが現状なのだ。

騎士団を運営するよりも、金のかからない冒険者へ投資したほうが現実的であり、財政も圧迫しない。

いまでも騎士は市民たちにとって憧れの職業であるが、しかし国の財政を担《にな》う貴族たちからすると金食い虫。グリディアが身にまとっている全身鎧一式で、何人の冒険者を雇うことができるか。何人の飢えた市民を助けることができるか。

身なりに気を遣い、豪奢《ごうしゃ》な服、高級な装飾品を身に着けている貴族もそうだが、城に勤めている者と城下町に住んでいる者たちとの認識の差が激しい。それは、レティシアが頭を悩ませている問題のひとつでもあった。

平和であるというのは、良いことだ。尊《とうと》いことだ。だが、この世界から完全に魔物が消えたわけではない。増えないだけで、まだ残っているのだ。

脅威《きょうい》へ対抗するのは騎士の務め。そのための騎士団。脅威の盾となって民と国を守る者たち。

だが、そうとわかっていても、貴族たちの言い分も正しいのだと理解できてしまうのだ。

国の根幹を成すのは民。国は民の血税から成り立ち、騎士団はその血税から給金を得ている。

戦いのない世の中に、大勢の騎士は不要。そういう流れも、どうしようもないのだとわかる。

だからこれを機に、もう一度魔物への脅威を思い出してくれたなら。そうすれば、騎士と貴族は手を取り合えるのでは……甘い考えなのかもしれないが、レティシアはそう思ってしまう。

――レティシアが左手を上げると場が静まり、桃色髪のメイド長が豪華な装飾が施《ほどこ》された木製の杖《つえ》をその左手に差し出した。

魔力だけなら勇者にも匹敵すると言われた稀代の魔導士。そのレティシアが魔王討伐の際に使っていた、大地創生の頃より存在するといわれる世界樹の枝から作り出した杖。

女神が授けたとされる勇者の聖剣に匹敵するとも劣らない、魔導杖。

レティシアはその杖を手にすると、玉座から立ち上がった。

「フィアーナ、フレリア、アルフィラ」

わずかに険を含んだ雰囲気《ふんいき》の中、レティシアが口を開く。周囲はそれだけで黙り、しん、とした空気が玉座の間に流れる。

名前を呼ばれた三人が、レティシアを見た。その三人へ杖を向け、鋭い視線を向ける。

「いまより正式に、女王レティシアの名の元、勅命《ちょくめい》を下します。魔物は、倒さなければならない敵。私たちエルフや、人間、獣人とは相容《あいい》れない存在です――必ずの討伐を命じます」

「はい」

「そのとおりでございます」

「はっ」

レティシアはそこで言葉を切り、息をゆっくりと吐き、一拍の間を置いて。

「騎士団よ。女王レティシアの名のもと、我が剣となり……魔を滅ぼしなさい」

それは、女王の言葉。この場にいる全員にとって、絶対の言葉。

その命に、全員が頭を下げた。

# 前日譚　英雄になれなかった者たち

# フレデリカ編　――　夢の始まり

「あら、おじさん。今回はなにを持ってきてくれたのかしら？」

「おや。やあ、フレデリカちゃん。随分《ずいぶん》と大きくなったねえ」

それは、田舎《いなか》ではよく見られる光景だった。

旅の行商人と村娘の会話。王都フォンティーユからこのリーン村までは馬車で二週間ほどの距離であり、こうやって行商人が来ることも稀《まれ》。

長い時は数週間、他所《よそ》から人が訪ねてくることがない――そんな田舎の村。

しかし、そんな田舎の村にあって、どこか垢抜《あかぬ》けた雰囲気《ふんいき》を纏《まと》った美少女がひとり。

村長の娘であり、今年で十五歳になるフレデリカだ。腰の下まで伸びた長い金色の髪は僅《わず》かに波打ち、太陽の光を反射して黄金のように輝いている。

浮かべた笑みは明るく、まるで太陽に向かって映える向日葵《ひまわり》のよう。

素朴《そぼく》な白のブラウスと藍《あい》色のスカートという出《い》で立《た》ちだが、田舎娘離れした美しいフレデリカが着ると、どこか華やかさが感じられた。

フレデリカは馬車に乗ってきた五十代ほどの男性に声を掛けると、軽く会釈《えしゃく》をする。

「今回も色々と持ってきたよ。なにか買ってみるかい？」

「そうですね――なにか、良いものがあるかしら？」

「あるとも！　そうだ、これなんかどうだい。いま、王都で流行《はや》っている花の香水。なんと、女王レティシア様も愛用しているものだそうだ」

そう言って男が馬車の荷台から取り出したのは、手の平に載る大きさのガラス瓶《びん》だった。

フレデリカもうら若き乙女《おとめ》である。

女王が愛用していると聞くと、興味を惹《ひ》かれてしまう。小さなガラス瓶を見ると、中には綺《き》麗《れい》な赤い液体が入っている。

それほど多くない。香水として十回も使えばなくなってしまうだろうといった程度の量だ。

「まあ、女王様が――おじさん、その一瓶でおいくらかしら？」

「うーん……フレデリカちゃんは美人だしなあ、金貨十五枚でどうだい？」

「金貨十五枚!?」

驚いた声を上げたのは、行商人の到着を知って集まってきた、村の女性陣だ。

二十から四十代という、農作業で焼けた健康的な肌の持ち主たち。田舎の肝《きも》っ玉《たま》母さんという雰囲気がありありと感じられる女性達は、その金額に目を見開いている。

金貨十五枚。田舎の村では、それだけあれば半年はなにもせずに暮らしていける金額だ。

もちろん、たった一瓶。十回程度しか使えない香水に出せる金額ではない。

だが興味はあるのだろう。

行商人の男を中心に、人の壁ができる。

「やあやあ、お嬢さん方。香水が高価すぎるなら、こっちはどうだい。野菜の種に獣の燻製肉《くんせいにく》。勇者様の国の味付けらしい、珍妙な味だ」

「へえ。うちらが作っている燻製とはまた違う味なのかい？」

「なんでも煙で燻《いぶ》す時に、特別な木材を使っているらしい。いい香りがする燻製肉さ」

男は商売上手だった。

こんな田舎の村では高級な香水など買ってもらえないとわかっているので、最初に話題に出して興味を抱かせ、次に程よい値段の商品を出す。

燻製肉は保存がきくので、田舎の村でもよく売れる。

そこに勇者様が関わるものと話せば、少し高価なくらいなら試しに買ってみようというのが人の気持ちだろう。

「勇者様の国の味付けなのですか？」

「そうだよ、フレデリカちゃん。これもいま、王都で流行っていてね。王城へ続く大通りの脇には、この肉を使った料理屋がたくさん並んでいるんだ」

勇者。その言葉にフレデリカは僅かに胸を高鳴らせた。

珍しいものが好き、というわけではない。

フレデリカの年代なら、誰だってそうなるだろう。

女神ファサリナに導かれ、異世界から召喚された英雄。たった数年で混沌《こんとん》としていたこの世界を救った救世主。

そして、このリーン村が属する魔導王国フォンティーユを建国した王。

女王レティシアの夫であり、獣の王国グラバルト、女神を信仰するリシュルアに並ぶ大国にまで押し上げた大英雄。

リーン村にも時折訪ねてくる吟遊詩人《ぎんゆうしじん》たちが謳《うた》う英雄譚《えいゆうたん》は、なにもない退屈な田舎暮らしをしているフレデリカには最高の娯楽《ごらく》だった。

「それ、美味《おい》しいの？」

「どうだろうなあ。味の好みは人それぞれ、俺ぁ美味《うま》いと思うが、フレデリカちゃんの舌には合うかなあ。そこは、試してもらわないとわからねぇなあ」

「そうよね」

食べ物の味ばかりは、自分で食べてみないことにはわからない。

フレデリカは悩んだ――いま、彼女の手元には僅かな銀貨が入った革袋が握られていた。

だがこれは、家の庭に植える花の種を買うために貯めたお金だった。

「ねえ、おじさん。お花の種が欲しいのだけど……一緒に買ったら、少し安くしてくれる？」

「へへえ、商人相手に値切ろうってのかい？」

「ええ」

それも、田舎ではよくある光景だ。家畜や野菜を育てて売るしか稼《かせ》ぐ手段がない村だ。

当然、村長の娘といっても懐《ふところ》具合には限界がある。

それをどれだけ引き出せるか、手持ちの品にどれだけ興味を持ってもらえるかが商人の腕の見せどころ。極端に安くするわけではないが、赤字にならない程度にならば融通《ゆうずう》を利かせるのも技の一つである。

「ね、おじさん。お願いっ」

ただ、フレデリカはそうと気付いていないが、彼女は天性の人たらしでもあった。

田舎の村娘らしからぬ美貌《びぼう》に明るい笑みを浮かべ、可愛《かわい》らしくその小さな手を合わせて五十を越えた親父に軽く会釈《えしやく》をする。

ここ数週間、女っ気のない生活を送っている行商人からすると、愛嬌《あいきよう》たっぷりに笑みを浮かべるフレデリカの美貌は、歳の差など忘れるほど胸を高鳴らせた。

「まあ、少しだけならな」

「ホントっ!?」

そうして、フレデリカは勇者の国の味がするという燻製肉と、数種類の花の種を手に入れた。

早速、ナイフを借りて燻製肉を削り、一口食べてみる。

「……変な味だね」

「慣れると、結構クセになるとかいう話だぜ？」

「ふうん」

そうして、フレデリカは燻製肉を片手に、行商人の馬車の傍にある丁度《ちょうど》いい大きさの岩に腰を下ろした。

空を見上げる。

どこまでも続く青空と、様々な形をした白い雲。

フレデリカが生まれる前までは混沌《こんとん》とし、人が毎日死んでいたとは信じられないほどの平和。

大地の至る所に魔物が溢《あふ》れ、こんな田舎の村なんて毎日襲われ、いくつも滅んだと聞いている。

実際、その名残《なごり》ともいうべきか、このリーン村から王都へ続く街道には、魔物に滅ぼされ、焼かれ、残骸《ざんがい》となった廃村がいくつか残っていた。

（こうやって私達が暮らせるのは、勇者様のおかげ）

そう、フレデリカは教えられてきた。いや、二十歳《はたち》より下の子供達はみんなそう思っている。

変だと感じた味がする燻製肉を、また少し削って食べる。

（やっぱり変な味。でも、勇者様はこんなものをいつも食べていたのかあ……）

そう思うと、少しだけ心が明るくなる。昂《たかぶ》る、といった方が正しいのかもしれない。

「そう言えば、フレデリカちゃん。この村にいたリグって男は知っているかい？」

「リグ……？」

空を見上げていた視線を下ろすと、いつの間にか村の女性陣は姿を消していた。

そんなに集中していたつもりはないが、気付かないほどには青空を見上げながら物思いにふけっていたらしい。

「この前、護衛を頼んだんだがな。リーン村の出身だって言っていたのを思い出したんだよ」

「あ」

その話を聞いて、思い出した。

リグ。数年前に村から姿を消した、年上の男の子。身体《からだ》が大きくて、喧嘩《けんか》ばかりしていて、村に馴染《なじ》めていなかった。

村長の娘であるフレデリカにはその悪評が届いていたので、その名前を知っていた。

「護衛……？」

「ああ、リグ君な。いまは王都の方で冒険者として生活しているんだ。結構腕が立つ若者でな、また今度依頼しようかと思って、どんな男か知っていたら教えてくれるかい？」

「いえ……直接話したことはないです。名前を知っているくらい」

「そうかあ」

「リグは……有名なの？」

「有名っていうか、冒険者としてはそれなりの格があってな。剣の腕は立つが安く雇える、俺みたいな行商人にはありがたい存在だよ」

「……冒険者」

それは、勇者が作った一つの職業だった。

この大陸を旅してまわり、新しい遺跡を見付けたり、詳細な地図を作ったり、風光明媚《ふうこうめいび》な名所を見付けて報告したり――そして、魔物の生き残りを狩り出したり。

そうやってお金を稼ぐなんでも屋。仕事内容は多岐《たき》にわたるが、その根幹はこの大地をより住みやすい場所とすること。

自分の足で歩き、見聞を広げ、時には魔物の残党と戦い、誰からも尊敬され、必要とされる……フレデリカのような若者にとって、勇者に並ぶ憧れの職業だ。

「凄《すご》い――」

「そうだなあ。最近は冒険者になりたがる若者が増えたし、これでまた魔物が減ってくれたら俺の商売も楽になるよ」

きっかけは、これだった。後に、フレデリカは回顧する。

田舎村長の娘でしかなかったフレデリカという少女は、同郷の男の子が冒険者になれたことを聞いて……これから数年間、この行商人が村を訪ねるたびにリグの話を聞き、そして冒険者になりたいという気持ちが大きくなっていった。

家の手伝いや村の農作業を手伝って得た小遣いを貯めるようになり、冒険者の真似事《まねごと》として木の棒を振り回すようになった。

村の子供達と一緒にやんちゃをしては怪我《けが》をして、村長の娘らしくないと怒られたこともある。

憧れ、だった。

歳を重ね、成長すれば手が届かないと理解し、諦めてしまうような小さな想い。夢。

けれどフレデリカは、同じ村の出身である男の子がその夢に辿《たど》り着いたことを知り、自分も……と思うようになっていた。

その気持ちは日に日に強くなっていき、ついには諦めるのではなく、必死に手を伸ばしてしまった。


「――よし」

ある、夏の日の夜だった。

夏前の長雨が続く頃は待ち望んでいた快晴も、梅雨《つゆ》の季節が過ぎ、雲一つない快晴が十日も続く頃になると暑すぎると文句を言ってしまう……そんな季節。

太陽のように真ん丸な月が夜空を照らし、暗闇を蒼に染め上げる――そんな夜に、フレデリカは旅立つことを決意した。

村長の娘という立場を捨てて旅立つのだ。両親に気付かれないよう荷物は最低限、革の荷袋に背負える程度。着替えと、売ればお金になりそうな本や食器。この数年間で貯めた、旅立つには心許《こころもと》ない僅かばかりの資金。

そして護身用に、父の寝室で見つけた大振りのナイフだけ。

旅装束といえるものはなく、着ているのは夏らしく薄いブラウスに膝丈のスカート。革のブーツという出《い》で立《た》ちだ。

そんなフレデリカは、この歳まで育ててくれた村に一礼し、そして月明かりに導かれるよう歩き出した。

目的地は王都フォンティーユ。

魔導士の国。勇者が建国した国。顔も覚えていない同郷の男、リグが冒険者になった国。

リグの冒険譚を聞くたびに、フレデリカは冒険者に憧れる気持ちを抑えきれなくなっていた。

自分も冒険者になりたい。

なれる確証などないのに、その気持ちに衝《つ》き動かされて、フレデリカは村長の娘という立場を捨てたのだ。

ただ——。

甘く考えていた、とはすぐに実感した。

田舎暮らしが長いとはいえ、初めての旅ですぐに足が痛くなり、三日も経つと歩くことが億《おっ》劫《くう》になっていた。

用意していた食べ物はすぐに底をつき、いまでは食べられる野草を齧《かじ》って飢えを凌《しの》ぐ始末。村では一番の美人と称されたその美貌を汗と泥で汚し、川で軽く流す程度しか手入れをしていない髪も汚れてしまっている。

後悔《こうかい》――していたと思う。その日までは。

田舎へ続く道は馬車も通らず、一日中独りぼっちという有様。痛む足を引き摺《ず》って歩くフレデリカの姿はまるでなにかから逃げている敗者のよう。

そんな、肩を落として歩いている姿には、冒険者を夢見る希望の雰囲気《ふんいき》は欠片《かけら》もなかった。

ただ、その日は少し違った……フレデリカは、道の先に一冊の本が落ちていることに気付く。落とし物だった。

ただ、この広い大陸の、なにもない田舎の村に続くような寂れた道に落ちているのだ。もう二度と持ち主の元へ戻ることはないだろう。

(行商人の馬車から落ちたのかしら?)

そんな気持ちで、真夏の空の下、フレデリカは本を拾った。

気紛《きまぐ》れだ。なにかの奇跡を思って手を伸ばしたのではなく、王都へ向かう間の退屈しのぎになるかもと思った程度の軽い気持ち。

本はそれほど綺麗《きれい》ではなかった。雨風に晒《さら》されたというよりも、何度も読み解かれ、表紙だけでなくページまでボロボロになっている……長年使われた本、という印象だ。

運が良かったのは、村長の娘として、一通りの読み書きを教わっていたことだった。

「これ、魔導書!?」

道の真ん中で、フレデリカは大声を上げた。

魔導書。その名の通り、魔導士が読む本。魔法の使い方が記入された書物。

それはどんなに安い物でも金貨十数枚はするだろう、田舎の村で何年働いても手に入れることができない高級品。

値段もだが、こういう技術や知識が書かれた書物というのは商品として並ぶことが少ない。手に入れたら蒐集品《しゅうしゅうひん》として飾る好事家《こうずか》が多いからだ。

フレデリカはそんな書物が落ちていることに驚いた。驚きながら、震える指でページを捲《めく》る。

「凄い――これ、本物……?」

魔法に縁のない生活を送っていたフレデリカにはその真贋《しんがん》を確かめる方法はなかったが、書かれている文字や絵は独特で、素人《しろうと》にもわかる本物の雰囲気があった。

いまのフレデリカでは内容を理解することは難しかったが、彼女は興奮した様子で魔導書を読み耽《ふけ》った。

その魔導書が初心者向けの物だったことも幸運だった。

複雑な呪文や魔力の練《ね》り方ではなく、火、水、風、土といった基礎となる属性の扱い方が詳しく書かれていたからだ。

その日から、フレデリカは明るいうちは魔導書を読み耽《ふけ》り、陽が落ちてから道を進むという生活に変化した。

炎天下の中、木陰に座り込んで魔導書を読むのは楽しかった。

まるで自分が、御伽噺《おとぎばなし》で語られる魔導士になったような気持ちになれたからだ。

それから数日後――。

「……やった！」

最初に、川魚を捕まえるために風に属する衝撃の魔法を覚えた。

いままで野草や木の実ばかりを食べていたフレデリカにとって、食料を得ることはなによりも重要だった。

魔導書を片手に呪文を唱え、体内の魔力を練り上げて右手から放出する。

体内の魔力がその通りに脈動し、フレデリカの想像通りの魔法を発現する。

右手から放たれた衝撃波はお世辞《せじ》にも強力とはいえず、小さな岩を僅《わず》かに動かす程度。

だが、川魚は水中の振動を察して逃げる生き物だ。いままでは手を伸ばしても逃げられていたが、衝撃波となれば川魚に察知する能力などありはしない。

結果、川魚は川から打ち上げられ、川を挟んだ反対側に落ちてビチビチと跳ねていた。

「あぅ……」

だが、威力の加減を誤ったフレデリカもまた、吹き飛んだ川の水を一身に浴びてびしょ濡れになっていた。

長旅で汚れたブラウスが濡れて下着が透け、手入れをしていない長い髪が顔全体に張り付いて表情を隠す様子は怪物か怨霊《おんりょう》を連想させてしまうほど。

それでも、

「やった。やった！」

嬉しかった。

魔法の練習は何度かしていたけれど、それでなにかを得たのは初めてだったからだ。

フレデリカは服が濡れることも構わずに川へ入って向こう岸へ移動すると、衝撃波で地面に打ち上げられた魚を回収した。

ようやく手に入れた貴重な食料を落とさないよう、両手でしっかりと捕まえる。

次に、捕まえた川魚を焼くために火の魔法を覚えた。

枯れ枝を集め、いままでなら火打ち石を使っていたので長い時間を必要としていた火起こしだが、これも体内の魔力を意識し、右手の人差し指から火が出る瞬間を鮮明に想像する。

呪文を必要としないほど初歩的な魔法だ。攻撃的ではなく、日常の生活で使うようなもの。

フレデリカの想像通りに右人差し指の先に火が灯り、それを使って火を起こす。

「おいしぃー……お魚って、こんなにおいしかったっけ？」

お金で買ったのではない。調味料を使って味を調えたわけでもない。

魔法で捕まえ、魔法で熾《お》こした火で焼いただけなのに、川魚の味は最高だった。

そして、夜の冷たい空気や雨を凌《しの》げる場所を作るために土の魔法を覚えた。

季節は夏。とはいえ、夜になれば風も冷たくなり、時には雨も降る。なにより女の一人旅だ。王都へ近付けばそれだけ人の往来も増え、問題も起きやすくなる。

街道沿いとはいえ着の身着のままで眠れば物盗《ものと》りに襲われかねないということもあり、フレデリカは土の魔法を使って地面を隆起させ、村で雪が降った時に何度か作った雪の……ではなく土のかまくらを作り出して宿にした。

「これなら、ゆっくり眠れるわね」

荷袋を枕に、落ち葉を布団にして……フレデリカは村を出て、その日、初めて熟睡した。

——普通ならひとりにつき一つ、ないし二つの属性しか使えない。それは、体内の魔力に属性を付与するという特性上、人の肉体が複数の属性を体内で生成することに耐えられないからだ。

フレデリカはこの時はまだ、自分に特別な才能があることを知らなかった。

三つの属性を使い分け、フレデリカの旅は一変した。食べ物に困ることはなくなり、なにより自信が付いた。

そして、村を出て三か月になろうかという頃、王都フォンティーユへと辿《たど》り着く。

勇者が建国し、勇者の妻が治める魔導の国は人間だけでなくエルフやドワーフといった様々な種族が集まる、大陸でもっとも栄える大国だ。

「わあ」

手入れがされていないボサボサの髪。元は白かったであろう、土と汗で汚れたブラウス。ほつれてボロボロのスカート。履《は》き潰して足の指が見える革のブーツ。

村で過ごしていた時の美貌《びぼう》など消え失せ、宝物となった魔導書が入った荷袋を胸に抱き、王都の街並みに興奮する様子はただの田舎者《いなかもの》。

通り過ぎる人々がそんなフレデリカを見てクスクスと笑っていたが、フレデリカ本人にはどうでもいいことだった。

「冒険者のギルドはどこかな……？」

ここから始まるのだ。

魔導士フレデリカの夢は。

興奮と希望に頬《ほお》を紅潮させながら、人並みに流されるまま大通りを歩き出した。

# サティア編 ── 役に立ちたくて

「この子を貰うよ。いくらだい？」

その声に、少女は顔を上げた。

小柄な少女だった。年の頃は十を少し過ぎたくらいにしか見えないほど身体《からだ》は痩《や》せ細り、表情には覇気《はき》がない。希望を失った瞳は暗く濁《にご》り、足には逃げ出さないように鉄の枷《かせ》が嵌《は》められている。

少女は奴隷《どれい》だった。

なにか悪事を行ったわけではない。

住んでいた村が魔物に襲われ、両親を失い、彷徨《さまよ》っていたところを奴隷商人に見つかって、商品として並べられ、けれど幼く体格に優れていない少女が買われることはなく……いまに至る。

奴隷に堕《お》ちて一年が過ぎる頃、逃げ出そうとする気力も失い、与えられる質素な食事にも手を付けずに自死を願う──そんな時に、生涯《しょうがい》をかけて尽くしたいと思える主人に出逢《であ》った。

「サティア、ここまででわからないところはあるかい？」

机を挟んで反対側に座る青年が問い掛けると、サティアと呼ばれた少女は首を横に振った。

灰色の髪に褐色《かっしょく》の肌。手入れがされていない長い髪は膝裏まで伸び、表情の殆《ほとん》どを隠してしまっている。

その髪の隙間《すきま》から覗《のぞ》く瞳は、ただただ不思議なものを見つめるような、無邪気さがあった。

「どうして、ここまでしてくれるのですか？」

サティアは自分の身体を見下ろしながら、そう呟《つぶや》いた。

着ているのは質素なボロ布ではなく、普通の女の子が着るような白いワンピース姿。

奴隷として買われた自分には身分不相応な服だと思う。

この国――勇者が建国したとされる魔導士の国フォンティーユには、勇者の知識によって栄えた表の顔とは別に、いまなお残る魔物の被害によって生まれる災害や孤児によって富を得ようとする裏の顔が存在していた。

サティアはその被害者だ。

田舎の村が魔物に襲われる――その被害は確かに多い。

だが、両親を失った孤児にとって、教会へ辿り着けるか、その前に奴隷商に見つかるか……

そこには運が絡む。

サティアは運が悪かった。奴隷商に見つかり、一年以上という長い時間を拘束《こうそく》された。栄養が行き届いていない四肢《しし》は痩せ細り、肉類のような硬く味が濃い食事を受けつけない。青年がサティアを購入して数日、彼女は青年に介助されることでようやく座って会話できるまでに回復していた。

商品として並んでいる時に、わかっていたはずだった。年齢不相応に小柄なのは栄養が不足しており、そんな人間を買えば手間が増えるだけだと。

だから、サティアは聞いた。どうして自分を買ったのか、と。

「だって、こんなのあまりに酷《ひど》いじゃないか。僕がもっとお金持ちなら、あの奴隷商人から皆を解放することができたんだけど……」

青年——アルフレドと名乗った男は、そう言って我がことのように悲しい顔をした。

その様子から、言っていることが本心なのだとサティアは気付く。奴隷として並び、沢山《たくさん》の他人の顔を見てきた。

そんなサティアは、自分でも気付いていないが、他人の心の機微というものに聡かった。

「あそこで、君が一番危なかったから……それに、あんな所で死にたくないだろう?」

「………」

どうだろうか、とサティアは思った。

身体は痩せ細り、この年までなにかの仕事に従事していたわけでもない。肉体も経験も劣る自分がこれから先、なにかをできるか……そう考えると購入された喜びよりも、不安の方が大きかった。

それを察したのだろう、青年は誠実な表情に真剣な気持ちを乗せ、サティアを見た。

瞳にあるのは心配だ。

青年はサティアを心から心配していた。心配しているからこそ、机を挟んでサティアの痩せ細った右手を両手で包み込んだ。

抵抗はなかった。アルフレドの顔に邪心といえるものがなかったからかもしれない。

「大丈夫。これから、一緒に生きていこう。君が生きていけるように、僕と一緒に勉強していこう」

アルフレドはそう言った……その言葉は本心だと、奴隷として扱われ、心に傷を負っていたサティアにはよくわかった。


二十歳《はたち》を越えたばかりに見える若い冒険者は、才能に恵まれた魔導士だった。

ただ魔法を使えるだけでなく、剣技にも優れ、冒険者として鼻も利《き》く。

大通りや繁華街《はんかがい》から離れているとはいえ、この若さで王都に一軒家を持てるほど稼《かせ》いでいるのは天性の才能だけでなく、運も良い証明だった。

そんなアルフレドは、サティアが自力で立ち上がれるほどまで回復すると、少女に家事を教えた。

炊事《すいじ》、洗濯《せんたく》、掃除《そうじ》……サティアがひとりで家の維持ができるよう、沢山のことをしっかりと、真剣に、そして一緒になって教えてくれた。

サティアもまた、真剣だった。ここで失敗すれば、また奴隷として売られるかもしれない。その恐怖が彼女の背中を押していた。だが、アルフレドにそんなつもりはなかった。

彼は誠実だった。優しかった。

サティアは決して物覚えが良い方ではなかったので、彼女が一つの知識をしっかりと覚えるまで付き合ってくれる優しさは、サティアの心の傷を癒《いや》していく……。

奴隷時代を思い出すのか、夜はうなされて飛び起きる時もあった。

そういう時は彼女が眠りにつくまで……いや、夜が明けるまで、手を握ってくれた。

ただ、異性へそういうことをするのに気が咎《とが》めるというところはなく、そういうところがアルフレドという青年が誰に対しても優しいのだとサティアに思わせる。

……そんな青年との生活は、奴隷として売られ、他人に壁を作っていたサティアにとって新鮮――いや、温かかった。

アルフレドからは学ぶことが多く、そして一緒にいると心地が好い。

お金に困っていないからか、アルフレドはサティアに沢山のお洋服を買ってくれた。

女の子へのプレゼントになにが良いのか――そういうのを知らなかったのかもしれない。

サティアに与えられた部屋には十数着の綺麗《きれい》で可愛《かわい》らしい洋服があり、毎日違う洋服を着られるというのは年頃の女の子として嬉しかった。

「どうして、ここまでしてくれるのですか？」

いつかした質問をもう一度したのは、アルフレドの奴隷になって二年後のことだった。

いつかのように机を挟んだ反対側にアルフレドが座っている。僅《わず》かに幼さが残っていた表情も、いまでは精悍《せいかん》な戦士のもの。

サティアも成長し、枯れ枝のように細かった手足はきちんとした栄養を摂《と》ったことでふくらみ、肢体《したい》も女性らしい丸みを帯びていた。

ただ、奴隷時代の栄養不足が祟《たた》ったのか身長は低く、胸も小さい。そんなことを悩みに持つほど、心も癒されている。

その頃になると家のことはひとりでできるようになっており、アルフレドも家を空けることが多くなっていた。

冒険者として稼がなければ家の維持ができず、食事もできなくなるのだから当然だ。

サティアはアルフレドを送り出し、その後は掃除や洗濯などをして主人の帰りを待つのが日課になっていた。

……心配だった。

依頼で遠出をして数日帰らない時などは、食事の量も少なくなるほどに。

無事だろうか、魔物に襲われていないだろうか――ちゃんと生きて帰ってくるだろうか。

ひとりは怖かった。もう独りになりたくなかった。

この二年間で、サティアはもうひとりで生きていけないと思うほど、他人の温もりを大切だと思えるようになっていた。

だから、アルフレドが無事に帰ってくると人形のような顔に喜びの感情を僅かに滲《にじ》ませ、無事に「おかえりなさい」と言う。

アルフレドもまた、家に帰ると誰かがいる……そんな温もりが心地好かった。

「僕の実家はね、それなりに裕福な貿易商なんだ」

これまでの生活で、アルフレドが裕福な家系だということはサティアにも想像がついていた。礼儀《れいぎ》正しく、物知りで、心優しい。その育ちの良さは日常生活の節々に、元奴隷のサティアにはよく感じられた。

だから驚きはなく、アルフレドの言葉を素直に受け入れる。

「ただ、両親がお金持ちだと、その子供っていうのは財産に執着してね……そういうのが煩《わずら》わしくて、僕は冒険者になったんだ。この話をすると、周りの人達からは『贅沢《ぜいたく》な悩みだ』って言われるんだけど」

アルフレドは少し恥ずかし気に頭を掻《か》いた。柔らかな金髪が揺れる。

「冒険者っていうのが僕には合っていたみたいでね。この歳で家を買えるまで稼げたし、信頼できる友人も多くできた。恵まれている……とは自覚している。でもね、やっぱり冒険者の仕事は家の外で、家の中でも誰かと話したいと思うし――こうやって会話するなら、気持ち良く話したいじゃないか。だから、女の子に贈り物をするならなにが良いか聞いたりしたんだけど……なにか、嫌な気持ちにさせてしまったかな？」

アルフレドは、サティアが質問をしたことになにか不信感を抱かれてしまったのかと思っているようだった。

そんなアルフレドの誤解を解くよう、サティアは首を横に振る。

「いいえ。アルフレドさまは私にとても良くしてくださっています。本当に、どれだけ感謝しても、したりないのです……ただ」

「ただ？」

「こんなにも良くされてしまうと、不安になるのです。お仕事で外へ出たら、もう戻ってこられないのではと……」

「サティア……」

普通の女性らしい柔らかな右手を、アルフレドの硬く男らしい両手が包み込む。

「その、ご迷惑だとわかっています。それでも、私はいつでもアルフレドさまのお傍にいたいのです。なにかあった時、お護りしたいと――なにもできない私がこのようなことを言うのは不遜《ふそん》だと理解しています。それでも……いつでも、一緒にいたいと、思うのです」

それは、サティアにとって精一杯の告白だった。

彼女は奴隷《どれい》だ。アルフレドと結ばれることは生涯《しょうがい》ないだろう。

そうとわかっているからこそ、ずっと傍にいて、少しでも役に立ちたいと思ってしまう。身体が成長し、精神が成長し、気持ちが落ち着いたからこそ、そんな欲求が湧き出てしまった。

身分不相応な女の願いが、口から出てしまうほどに。

家の維持をするために奴隷を買ったのだから、そんな思いはアルフレドにとっては無価値なものだろうとサティアは思う。

煩わしく思われるかもしれない。

それも怖かったが、自分がいないところでアルフレドがいなくなってしまうかもしれないという恐怖もまた、家にひとりでいるサティアにとっては耐えがたいものだった。

「家にひとりでいるのが怖かったんだね」

アルフレドはそんなサティアの心情を察して、優しく問いかける。

サティアは頷《うなず》き、重ねられたアルフレドの手を握り返す。大きくて、硬い。男の手。

この時初めて、サティアはアルフレドの手を握り返した。女の自分とは全然違う硬くて大きな手に、ドキリとしてしまう。

「なら、また一緒に勉強しよう。今度は剣の使い方を」

「……いいのですか？　ご迷惑ではありませんか？」

「そんなことはないよ。サティアが僕のことを心配してくれていて、凄《すご》く嬉しいんだ」

アルフレドはいつものように、屈託のない笑みを浮かべた。

サティアは眩《まぶ》しくて視線を外す。耳まで熱い。きっと自分の頰《ほお》は真っ赤だろうと、簡単に察しが付く。

（私は、この人が好き）

地獄のような奴隷商人の元から救われ、生きていくための知識を与えてくれた。心優しいご主人さま、アルフレド。

彼を想うようになったのは、いつからかわからない。

気が付けば、好きになっていた。優しくされて、沢山《たくさん》のものを与えられて、必要とされて。

好きで、好きで、大好きで……きっと、愛している。

だから、どこでも――家の中でも、家の外でも、役に立ちたいと思う。

小柄なサティアに、剣の才能はなかった。荒事に関わる機会がなかった彼女には、人を傷付ける武器というものがそもそも合わなかったのかもしれない。

けれど、それを補って余るほど、彼女には魔法の才能があった。

アルフレドもまた優れた魔導士だが、サティアは彼と同等の優れた才能を有していた。

冒険者としては嬉しい誤算であり、アルフレドとしては複雑な心境だった。

サティアが待つ家に帰るために頑張っていたのに、そのサティアを冒険者の世界へ引き入れる才能を見出《みいだ》してしまった……そんな複雑さ。

ただ、サティアにとって——それはなによりも嬉しいこと。

いままではしたことがなかった……王都の神殿で女神ファサリナへ感謝の祈りを捧げるほどに、喜ばしい奇跡。

「これで、もっとアルフレドさまのお役に立てる」

いまは、ただただそのことが嬉しかった。

主人の役に立ちたい。この人のために生きていきたい。

そして、サティアは冒険者となった。アルフレドのために戦い、アルフレドのためだけに依頼を受ける。そんな冒険者だ。

# フィアーナ編 ― 剣と盾と

魔導王国『フォンティーユ』。

国に属する騎士団の任務は多岐《たき》にわたる。

魔王が討伐《とうばつ》されて数を増やすことはなくなったが、それでもまだ存在している魔物の討伐。

魔物の数が減ったことで野に下った野盗や山賊《さんぞく》の討伐。

要人の護衛に国民からの苦情の対処、国内の見回りや迷子の捜索まで――。

それは騎士団の中でも高い地位にある上級騎士フィアーナでも時折駆り出されるほど忙しく、下《した》っ端《ぱ》の下級騎士であるアルフィラならばなおのこと。

一緒の任務をこなしたというわけではないが、今日もふたりは鎧《よろい》の下に汗を掻《か》き、そうして一日が終わりを告げる。

息を吐く間もないと思えるほど忙しい日中が終わり、太陽が沈めば多くの国民が家へ帰る。

それを見守ると、今度は野営の騎士達が王都を囲む石造りの見張り台に立ち、夜盗や山賊の行動に目を光らせる。

騎士達は一日中忙しい。

そんな姿を見ているからこそ、国民からの信頼も厚いのだ――。

「ふう……今日も一日、お疲れ様でした」

「いいえっ、そんなっ!?」

騎士団の同じ部隊に所属しているということで、フィアーナとアルフィラは以前から面識があった。

といっても、顔と名前、階級を知っている程度。

それほど親しいというわけでもない。文字通り知人という関係だ。

そのふたりは一糸《いっし》まとわぬ格好で、並んで座っている。

騎士団に所属していてよかったと思えることの一つに、王城内に騎士団専用の温泉施設があることだ。

まだ勇者がこの世界にいた頃。

女神から授かったという異能の一つで掘り当てた、疲労や打ち身に良く効くという温泉だ。

四方を石壁に囲まれ、湯気を逃がすための窓は壁に二つずつ。

数十人は入浴できるだろう広い造りになっているこの場所だが、いまは贅沢《ぜいたく》にたったふたりの貸し切り状態。

湯船の中央には切り出した岩が置かれ、その上には女神ファサリナを模した石像が飾られている。

湯船を上がれば身を清めるための石鹸《せっけん》や、花の香りがする香油なども用意されている。

十数年前までは湯に浸かるという文化がなかった世界だが、勇者によって入浴の知恵が広まっていた。

身を清めることで防疫《ぼうえき》の効果があるということなど。

王都の中にもいくつか温泉宿は存在しているが、他の土地で温泉が見つからないということもあり、一晩泊まるだけでも騎士団の給金の数か月分が飛んでいくほどの高級宿。

しかし、王城内の温泉だけは、騎士団や王城勤めの貴族に開放されていた。

ちなみに、国を治める女王には個人用の入浴場が用意されている。

温泉とは一部の貴族や騎士の嗜《たしな》みとして民衆には程遠い高級な趣味という印象だ。

それでも民衆は勇者の知識、生活に憧れて、家に風呂場を設け、自分で火を熾《お》こして水を沸かし、湯を入れて一日の汚れを落とす生活を親しんでいた。

「良いお湯ですね。ゆっくりと疲れを癒《いや》してください、アルフィラ」

「はいっ。フィアーナ様も……えっと、お寛《くつろ》ぎください」

「ふふ。そう緊張しなくて良いですよ」

温泉に浸かりながら敬礼するように背を伸ばしたアルフィラの様子が可笑《おか》しかったのだろう、フィアーナがくすくすと鈴の音を思わせる柔らかな笑い声を漏《も》らす。

それが恥ずかしくて、アルフィラは温泉の熱気とは違う理由で頬どころか耳まで赤くし、けれど憧れの上司と一緒に入浴しているという状況に緊張は解けない。

フィアーナ――フォンティーユの騎士団に所属する、エルフの騎士。

魔王が存在していた時代から騎士として活躍し、騎士団の中でも指折りの実力と実績を持つ女傑《じょけつ》。

城壁を破るような大きなオーガをひとりで倒した、勇者と一緒の戦場で戦った経験があるなど、真実なのか吟遊詩人《ぎんゆうしじん》のデマカセなのかわからないような噂《うわさ》が一人歩きしているが、しかしその実力は本物。

騎士団に属する女騎士の憧れ――いや、女騎士だけでなく、王城に勤めるメイドたち、王都の民の多くが憧憬《しょうけい》を抱く存在。

それが、アルフィラの隣で長い翡翠色の髪を湯に浸からないように纏《まと》め、純白のタオルで首筋を拭《ぬぐ》っている女性だ。

エルフは全体的に細身だが、フィアーナはエルフらしからぬ豊満な肢体《したい》の持ち主で、自分でも大きいと思う胸を持つアルフィラよりも大きな胸を湯船に浮かせている。

まるで妖精のように可憐《かれん》で、女性から見ても魅惑的な肢体はアンバランスだが、目を奪われる。

「どうかしましたか、アルフィラ？」

「あっ、いえっ。その……フィアーナ様は、このような時間までなにを？」

同性の肢体に見惚《みほ》れていたと正直に話すことができず、アルフィラは慌てて話題を振った。

パチャ、と湯船が波打ち、軽い音が響く。

「私はお仕事で――今日は行方《ゆくえ》不明になったという猫を捜していました」

「猫……ですか？　そのような仕事なら、下の者に任せれば……」

「そうもいきません。皆、忙しいでしょう？」

確かにそうだがとアルフィラは言葉を詰まらせた。けれど、上級騎士に猫を捜させるとは……依頼を出した人もさぞ驚いただろうとアルフィラは思う。

「それに、こういう平和な依頼は結構好きなんです。こんな依頼が私のもとに来るということは、国全体が平和な証拠だと思って」

「そうですね――一時、巷《ちまた》を騒がせていた盗賊もこの前捕まりましたし、問題になっていた山賊たちだって先日フィアーナ様が退治してしまいましたから」

「ですが、魔物の被害が減ると今度は人が問題を起こす側になる――なんとも複雑ですね。生活に困窮《こんきゅう》し、命の危機がすぐ隣にあった……魔王が存在していた時代の方が、人類同士で手を取り合えていたというのは」

「……そうですね」

魔物の被害が減り、野盗や山賊の被害が増えるというのはなんという皮肉か。

フィアーナの言葉にアルフィラは同意し、肩まで湯船に浸かる。

フィアーナほどではないが、それでも男の手にも余りそうな巨乳が湯船の中でゆらゆらと揺れる様子は、男の目があればどれほどの眼福《がんぷく》だろうか。

「アルフィラの方はどうですか？」

「私ですか？」

「今日も訓練だったのでしょう？　最近はあまり稽古《けいこ》の相手をしてあげられず、申し訳ありません」

「いいえっ、そのようなっ!?　そう、気に掛けていただけるだけで、十分です」

そう言うと、アルフィラは口元まで湯船に浸かる。まだ水中でなにかを言っているのか、ブクブクと気泡《きほう》が上がり、音を立てて割れていく。

「なにか気になることがあったらなんでも相談してください」

「は、はい……」

(貴女《あなた》には期待しているのですから)

最後の想いは言葉にしなかった。

騎士団で少ない女性騎士というだけでなく、真面目《まじめ》で朴訥《ぼくとつ》。多くの人はアルフィラを特別な能力がない凡人と称するだろうが、そういう人材こそ騎士には必要なのだとフィアーナは思う。

特別な才能と技能で高い地位に昇り詰めるのではなく、努力と人当たりの良さで周囲に溶け込む人格者。そういう人物の方が、国民から優しく受け止められるというのを、フィアーナはよく知っていた。

彼女もまた――剣技と魔法に優れ、人間よりも長い時間を生きるエルフとして一部の人たちからは特別視されている。

そういうのは、周囲から壁を作られてしまうのだ。

悪い意味ではない。

ただ、フィアーナ個人を特別な存在と見て、自分達とは違うのだと勝手に思い込む。

そういう立場になると、失敗ができないという重圧がかかり、なんとも生き苦しくなってしまう――数十年という時間を生きたフィアーナこその悩みだろう。

だからこそ、同じ女性という立場であるアルフィラには、特別視されず、民衆に受け入れてもらえる、そんな騎士になってほしかった。

「ふふ。今度また、剣の腕を見てあげますね。少しは上達しましたか？」

「う……ぉ、お手柔らかにお願いします」

「まあ、アルフィラ。お手柔らかになど、そのような甘い考えでは剣の技術は上達しませんよ」

「はいっ」

ただ、フィアーナはスパルタだった。

本人にその自覚はないだろう。いや、魔王生存の時代を生き抜いた彼女にとって、戦技や魔法の技術というのは生き死にに直結する最も大切な技法だ。

それを文字通り叩き込むのは当然のことであり、アルフィラに生き残ってほしいからという純粋な気持ちからなのだが……魔王が死に、魔物が数を減らし続けるいまの時代では、彼女の苛烈《かれつ》ともいえる訓練についていける騎士はそう多くない。

毎年、フィアーナに憧れて騎士団に入る男女はいるのだが、その多くが一年も耐えられずに除隊していく。

見目麗《みめうるわ》しい美貌《びぼう》の女騎士は、仲間を想い過ぎるからこそ、新人騎士達に過酷《かこく》な基礎訓練を施《ほどこ》してしまうのだった。

ただ、その基礎訓練を乗り越えられたアルフィラだったが、やはり何度もそのような訓練を体験したいとは思わない。

なんとか話題を逸《そ》らそうと思うのだが、すぐには良い言い訳が思い浮かばずにまた口元まで湯船につけて、ブクブクと気泡を発した。

「そうだ――フィアーナ様は、どうしていまも騎士を続けているのですか？」

ふと思いついた疑問が口に出た。

魔王が死に、世界は平和になった。騎士を続ける理由は……一応、なくなったと言えなくもない。

それを聞くと、珍しく、フィアーナは口元に人差し指を当て、考え込む仕草をした。

「やはり、人の役に立つのが性《しょう》に合っているのでしょうね。私の場合は」

そして出たのは、騎士として当たり前とも言える、ありきたりな言葉だった。

ただ、本心や感情を隠すためではなく、純粋にそう思っているのだろうともアルフィラには感じられる。

「山賊《さんぞく》退治や盗賊を捕まえる、お年寄りの荷物を持ってあげたり行方不明の猫を捜したり……そうして喜んでもらえると、嬉しいじゃないですか。私は、それだけでいいです。嬉しい気持ちを何度も感じたくて、騎士を続けているんだと思います」

フィアーナはそう言って、柔らかく微笑《ほほえ》んだ。

同性であるアルフィラも見惚れるような優しく、温かな笑み。

そこまで話して一息ついたのだろう、フィアーナが立ち上がる。湯気の上がる肢体は壁に掛けられているランタンの光を反射して濡れ光り、起伏《きふく》に富んだ美肉が僅《わず》かな所作《しょさ》によって柔らかく揺れる。

「それでは、先に失礼しますね」

「あ、はい」

純白のタオルで前面を隠して移動するフィアーナが入浴場を後にすると、まだ湯に浸かったままのアルフィラにはお尻が丸見えだった。

「はふ」

緊張にアルフィラは息を吐き、ようやく、この段階になって全身から力を抜いて寛《くつろ》げたような気がした。

# あとがき

皆様、初めまして。もしくは、お久しぶりです。

本書を手に取ってくださり、ありがとうございます。今回はまさか、このシリーズをダッシュエックス文庫様に書籍化していただけることになりました。

……お話をメールでいただいたのですが、その時はパソコンの前で固まりましたね。ええ。2分くらいは固まっていたと思います。

人間、驚くと固まるっていうのは本当だったんですね……。

イラストを描いていただいているぼに～先生も、某《ぼう》イラスト投稿サイトで見掛けて、

「おお、可愛《かわい》いイラストを描いている人だな」

とフォローした翌日に、編集さんから、

「イラストはぼに～先生に担当してもらうことになりました」

という流れで、「なにこの流れ？」と驚いたものです。どんな奇跡だ。

この作品も結構長く続いており、たくさんのイラストレーターの方にキャラクターを描いてもらっています。

その数、なんと四人です。

四者四様の表現でキャラクターを描いてもらえるというのは、なんといいますか、作者として物凄《ものすご》く嬉しいことです。

一作品でこんな経験をした人は、そう多くないんじゃないでしょうか？

イラストレーターさん一人一人に描かれるキャラクターたちは全然違っていて、毎回、キャラクターデザインや挿絵をいただくとワクワクしてしまいます。

今回も、本当にありがとうございました。

読んでくださった皆様も、素敵なイラストにドキドキしたのではないでしょうか？

イラストは可愛いのですが、物語的にはアレで申し訳ない。

今後も、本文のような流れが続きます。

ファンタジーのスライムが最弱なんて嘘ですよ。某国民的ファンタジーＲＰＧの罪は重い。

いろいろな神話にすら語られる存在ですからね、スライム。

あんなのをまともに見たら、正気をなくしてしまいますよ。ええ。

現実にいたら大変ですね。

個人的には、ショ○スが好きです。大好きです。

いつか、ＴＲＰＧで有名な神話を元にした小説を書きたいといつも思っていて、メインはショ○スにしたいと思うくらいには大好きです。

現代社会の下水にショ○スがいたらどうなるんだろう、と妄想するだけで口元が緩《ゆる》んでしまいます。

皆さんも、スライムに対する知識を深めましょう。楽しいですよ。

目玉がたくさんついていたり、納豆みたいに糸を引いたり、分裂したり、食べた相手の記憶を取り込んだり、臭《くさ》かったり。

剣や斧《おの》、こん棒なんかは効かないし、嫌いな食べ物もない。人間も食べる。

最強ですね。

まあ多分ですが、火炎放射器なんかがあればあっさり倒せそうではあるんですけど。

……塩を撒《ま》いて水分を飛ばしたらどうなるんだろう、とはスライム好きの永遠の謎です。

皆さんには、もっとスライムを好きになってほしいですね。この本を手に取ってくださった皆さんの興味を引くことをできる文章を書けていたら、と思います。

それでは、この作品を手に取ってくださりありがとうございました。

もし次巻がありましたら、その時にまたお話に付き合っていただけたらと思います。

では、失礼いたします。


——みんな、スライムは強いので、出遭《であ》ったら逃げましょう。某国民的ＲＰＧみたいにヒノキの棒で殴《なぐ》って倒せるスライムは、あの世界だけです。

ウメ種

この作品の感想をお寄せください。

あて先　〒101−8050　東京都千代田区一ツ橋2−5−10
集英社　ダッシュエックス文庫編集部　気付
ウメ種先生　ぽに～先生